El misteriós punyal del pirata

ESPURNA, 3

E S P U R N A

1. DIARI D'UN JOVE MANIÀTIC. Aidan Macfarlane i Ann McPherson
2. EL SUPERVIVENT. Barry Faville
3. EL MISTERIÓS PUNYAL DEL PIRATA. Joan Pla
4. ¡JO TAMBÉ SÓC UNA MANIÀTICA! Aidan Macfarlane i Ann McPherson
5. CREMANT. Anne Bailey
6. LA SECTA DEL GRAAL. Joan Pla
7. A PEDRADES. Xabier Mendiguren
8. EL SEGREST DE XICO BLACK. Josep Lluís Seguí
9. EN LA FOSCOR DE LA NIT. Christine Aventin
10. TOT L'ESTIU PER DAVANT. Joaquim Gonzàlez i Caturla
11. ELS MEUS COL·LEGUES I JO. Aidan Macfarlane i Ann McPherson
12. QUÈ T'ANGOIXA, NURIA?. Glòria Llobet
13. ¡PLOM, MÉS QUE PLOM!. Jesús Cortés Zarzoso

E S P U R N A

Hi ha un quadernet de Propostes didàctiques, *referides a aquest llibre, que es distribueix de forma gratuïta a tots els ensenyants que ho sol·liciten*

1a edició: *maig, 1989*
6a edició: *octubre, 1993*
Composició tipogràfica: *Germania*
Imprés a: *T.G. Ripoll, S.A. - Paterna*
I.S.B.N.: *84-7660-036-4*
D.L.: *V-3292-1993*

PAPER RECICLAT
PROTEGEIX LA NATURA

El misteriós punyal del pirata

Joan Pla

Il·lustracions de Joan Arocas

ESPURNA

Edicions Bromera

I
L'aparició del fantasma pirata

Aquella tarda havíem acudit a ca Barto per anar a la plaça Major. Hi actuava l'home dels titelles. La senyora Eulàlia, la mare de Barto, va dir-nos:

—Es troba marejat com una ballaruga. ¡L'he enxampat fumant un cigarret davall del llit!

Estava ben enfadada, sa mare. Vam dir-li que si millorava, que acudira a la plaça Major. I vam marxar.

Hi havia un home vell parant l'espectacle damunt d'un entaulat. Era un home prim, no massa alt, d'una edat indefinida, com si el temps i ell foren una mateixa cosa. Els seus ulls eren profunds, ben clavats dins les conques i de mirada misteriosa. Vestia, tot i la calor que feia, una jaqueta llarga, descolorida, que li arribava per damunt dels genolls. Sobre l'entaulat hi havia uns baguls, oberts, i dins, uns titelles, amb uns ulls que miraven no se sabia a on i amb un somriure continu i fals.

L'home intemporal no pogué acabar la seua primera història. Un tro, sec i esgarrat, va fer tremolar el cor de la plaça Major. El titella va quedar-se immutable, mentre el públic feia un crit de sorpresa.

Tot seguit, van començar a caure les primeres gotes, grosses, refrescants, i tothom vam escampar la boira amb tanta rapidesa que l'home dels titelles no va adonar-se'n. Quan vam girar el cantó cap a ca Xavier, encara continuava parlant el titella.

La ramassada d'aigua, però, no tardà a passar. Va córrer pels carrers de gom a gom, va rentar els arbres de la pols acumulada des de la passada pluja i va deixar en l'atmosfera una sentor a humitat, a terra fresca, a herba mullada, a mar més dolça.

Havia parat de ploure quan vam abandonar ca Xavier. Maria, espigada i una mica bleda, va dir que desitjava tornar a la plaça Major per veure si continuava l'actuació de l'home dels titelles. Elisa, alta i àgil com una daina, se li va avançar carrer amunt.

—Jo hi arribaré la primera —va cridar.

Tots vam eixir darrere seu corrent. Però, quan vam arribar a la plaça, damunt l'entaulat no quedava res, ni l'home dels titelles. Vam quedar-nos, durant uns segons, decebuts. Aleshores, jo vaig assenyalar un dels cantons de la plaça.

—¡Allà va! ¡Pel cantó del carrer Nou!

Havia vist el darrere de la furgoneta en què havia arribat l'home dels titelles. Vam seguir-la fins que va abandonar el poble, vora el pont que menava a l'ermita de Sant Esteve. No podíem més. Dúiem la llengua fora. Vam gitar-nos sobre l'asfalt, perquè l'herba encara estava mullada. Panteixàvem de cansament.

La furgoneta es va perdre carretera enllà, i amb ella l'home dels titelles.

Va tornar de bell nou la pluja i vam córrer a arrecerar-nos dins els porxes de l'ermita. Va ser també un ruixat curt. Tot seguit vam veure aparéixer l'arc iris. Tenia un peu sobre el pujol dels Frares i l'altre dins la mar. I amb l'arc va començar tota la història meravellosa.

Va ser Tico qui el va descobrir.

Al peu de l'arc que hi havia dins la mar, Tico hi va veure un home.

—¡Guaiteu! —va exclamar—. ¡És un home i mira cap a nosaltres!

Vam guaitar cap allí. I vam veure un home estrany al peu de l'arc iris. Vestia com un pirata. Una corretja ampla li creuava el pit de dreta a esquerra. Duia el cap cobert amb un mocador. De sobte, l'arc iris va començar a desaparéixer, i amb ell va esvanir-se aquell fantasma. Els núvols van obrir-se i de nou van deixar que el sol s'escampara àmpliament sobre la superfície. Vaig sentir un calfred. Vaig recordar les històries que em contava l'avi Gaspar, quan jo era petit, i a les quals no feia gens de cas. També parlaven sobre l'aparició en alta mar d'un fantasma en forma de pirata. Un fantasma que sempre solia aparéixer i desaparéixer amb l'arc iris.

Em van distraure del meu capficament les paraules de Tico.

CISE

—Ha estat una visió... ¡No és possible el que hem vist, tu! —va dir dubtant d'aquell fenomen tan estrany.

—Deu haver estat un miratge. També passen en alta mar... Amb la pluja i l'aire calent... —va corroborar Xavier.

—Jo crec que tot ha estat una suggestió col·lectiva —afegí Elisa.

—¿Què dius tu, ara? —va protestar Xavier—. ¡Jo he vist el pirata amb els meus ulls! ¡Sempre estàs en els mateixos rotllos, tu!

Elisa era aficionada a tot allò que feia referència a fets inexplicables, des dels fenòmens paranormals als horòscops setmanals.

Tothom, tret de Xavier, es feia l'incrèdul. Els avergonyia confessar el que acabaven de veure.

—¡No estic d'acord amb ningú! —vaig intervenir enèrgicament—. ¡Ni és una visió, ni un miratge ni cap suggestió col·lectiva! ¿Hem vist o no hem vist l'arc iris?

—¡Sí! —van respondre segurs d'ells mateixos, tots alhora.

—¿Per quina raó hauria de ser la imatge del pirata que hi havia als seus peus diferent?

—Té raó —va dir Maria.

—Així doncs, ¿per què ho dubtem? ¿No l'hem vist tots vestit de pirata?

—Sí, exacte. Això dic jo. El vestit, la corretja, el

mocador al cap... Un pirata, ¡això era! ¿Qui ho dubta? —va preguntar Agnés amb coratge.

I ningú no va gosar dubtar-ho gens ni mica.

Jo vaig aprofitar l'ocasió, tot recordant les contalles del meu avi, i vaig dir:

—Us propose que em seguiu... Qui siga valent, és clar... Us invite a entrar dins la mar, fins a on ens ha semblat veure el pirata... ¡Potser ens hi espera!

De moment tots van quedar-se parats. No els feia gens de gràcia trobar-se dins l'aigua amb un... fantasma. ¿Com fugirien de pressa, si calia? Van mirar cap a la mar. No s'hi veia cap fantasma.

—¿I si ens ha deixat un missatge? —va exclamar Tico.

Les seues paraules van reanimar la colla.

Vam dirigir-nos cap al mar, que era a uns doscents metres. Tots decidits, tret de Maria, que es quedava arrere.

Tico, que estava una mica enamorat d'ella, la mirava amb decepció i ràbia.

—¡Bah! ¿Vols afanyar-te, porugueta?

—Tinc por... —va murmurar ella amb veu baixeta. Li sabia greu fer el ridícul davant de Tico.

De manera que va rerassagar-se per por, també, a quedar-se sola.

Quan vam arribar a voramar, ens vam descalçar i ens vam quedar amb la roba interior.

—¡Cuida'ns el calcer i la roba! —vam manar a Maria, que encara venia a uns cinquanta metres.

—¿A quina distància creieu que ha aparegut el pirata? —va preguntar Elisa.

—Jo crec que a uns cent metres de la costa —va contestar Tico—. No se'l veia massa endins.

—Sí, jo també ho crec —vaig confirmar.

Vam endinsar-nos dins la mar amb decisió. Als cinquanta metres, l'aigua ens cobria per la cintura. Teníem sort que la costa era plana. Però als setanta metres ja dúiem l'aigua al coll. Tots sabíem nadar.

—No hi ha ningú, ací —va dir Xavier—. ¡Ni rastre!

Efectivament, no hi havia cap senyal de res. Ja estàvem decidits a retornar a la costa, desil·lusionats, quan Maria va començar a xisclar. Amb el braç tot estés, ens assenyalava alguna cosa a la nostra dreta. Quasi no enteníem el que deia, amb la brisa en contra. Va endinsar-se fins a mitja falda. Vam mirar cap a on ella ens assenyalava. Saltàvem per damunt l'aigua. Finalment, a la dreta, vam veure surar un objecte. Elisa, que nadava millor que ningú, va avançar-s'hi.

—¡Una botella! —va cridar, alçant-la enlaire.

Vam fixar-nos-hi. Era una botella d'un verd fosc. Tapada amb suro. I dins duia... ¡un paper!

—¡Porta un missatge! ¡Un missatge! —va cridar Elisa, fora de seny. La seua emoció va contagiar-nos.

—¡Porta un missatge! —vam cridar plens d'emoció.

I aleshores ens va córrer pel cos una tremolor plena de misteri i d'incertesa.

II
El misteriós missatge

Vam eixir a la platja nadant i xipollejant molt de pressa. Perdíem l'equilibri perquè el nostre cervell ens feia córrer més que el cos i l'aigua no ens permetien. Elisa va cedir-me la botella.

—Tin, Miquel, destapa-la tu —va concedir-me—. La idea de venir ha estat teua.

Vaig agafar-la, emocionat. Vaig fer un últim esguard al paper que hi havia dins per cerciorar-me que, efectivament, els ulls no ens havien enganyat i vaig disposar-me a destapar-la. Tot just en aquell moment, vaig veure Maria. Els seus ulls reflectien un somriure trist. Ella havia quedat en ridícul perquè havia sentit por d'entrar dins la mar. Però d'altra banda, gràcies a ella, havíem descobert l'ampolla. Tot va ser ben ràpid. Vaig allargar-li-la.

—Tin, Maria, destapa-la tu. Tu ets qui l'has descoberta surant en l'aigua.

El seu rostre va recuperar tota l'alegria. Encara més perquè el meu detall l'havia sorprés. Va voler refusar, agraïda, el privilegi que jo li oferia, però davant la meua insistència, va destapar la botella. A colps al cul de l'ampolla, va aconseguir traure un tros de paper gruixut i esgrogueït. El va desplegar i ens el va ensenyar.

—No té res escrit —va murmurar amb desil·lusió—. Només té dibuixat aquest punyal...

Tots ens vam llançar a veure el que hi havia dibuixat al paper. Efectivament, no hi havia cap paraula escrita, però el punyal que hi havia dibuixat tenia tota mena de detalls. Quan el vaig tocar, vaig adonar-me que allò era massa gruixut per a ser paper.

—Açò és un tros de pergamí —vaig assegurar.

Vaig fixar-me bé en el dibuix. L'empunyadura tenia incrustats, de dalt a baix, el que semblaven set pedres precioses. La creu del punyal tenia dibuixades unes filigranes, segurament treballades en or o en plata. Enmig de cada filigrana, a cada un dels dos costats, ressaltava una lletra. La J a l'esquerra i la W a la dreta. La fulla del punyal era completament llisa, acabada amb una punta que feia esmussar les dents.

—¡Un bromista! —murmurà Xavier.

—¡Algú ens ha pres el pèl! —afegí Elisa.

A Maria, va tornar-li el desencís als ulls. Potser es trobava més ridícula ara que abans. Vaig sentir-me un poc responsable.

—¿Preteneu assegurar que no té cap significat? —vaig interrompre aquests comentaris derrotistes—. Potser l'espectre, si estem segurs que l'hem vist, com sembla, ha pretés donar-nos un missatge ben simple, però que encara és prompte per saber-lo interpretar... ¡Un punyal! Un punyal preciós, si us hi fixeu. Amb dues lletres ben clares: J. W. Algun nom deu voler amagar, ¿no?

—Sí, el de John Wayne —va bromejar Xavier, amb el mateix to derrotista.

Però la seua eixida féu que tots riguérem i que emprenguérem les càbales d'aquell missatge amb més humor.

—Potser ens demana un punyal com aquest —suggerí Agnés.

—¿I per a què el vol? —preguntà Elisa amb indiferència—. ¿Què havia de fer-hi?

—Llescar l'arc iris —bromejà Maria.

—¡Ja hi som!... —vaig tornar a queixar-me, mentre réiem l'ocurrència de Maria—. Realment és un missatge difícil d'interpretar. Perquè, sincerament, pot voler dir moltes coses. O que en vol un, com ha dit Agnés, o que ens invita a buscar-ne un com aquest, o que és la prova d'alguna cosa..., o cent coses més...

—Ja sé —m'interrompé Elisa—. Si tornava a aparéixer l'arc iris, i amb ell el pirata, podríem córrer per preguntar-li-ho.

—¡Fantàstic! ¡Genial! —va cridar Tico—. És que cavil·les com ningú —va mofar-se'n.

—Però, ¿quan penseu que pot tornar a haver-hi

un altre arc iris? Haurà de ploure, primer, ¿no? —va preguntar Xavier—. Potser passem tot l'estiu en sec...

—¡Sac, sec, sic, soc, sóc, suc! —vam repetir tots a cor.

—¡Bé! —intentà seguir Tico.

—Bah, be, bé, vi, bo... —vam continuar la broma.

—¿Em deixeu parlar o no? —protestà Tico, vivament enfadat.

—¡Sí! ¡Que parle, que parle! —vam cridar alhora.

—¡Doncs, ara, no parle! —es féu de pregar.

—¡Que parle, que parle, que parle!... —continuàvem demanant-li. I davant la llanda que li vam donar, va accedir a parlar.

—Només volia indicar-vos que si passem l'estiu en sec, o siga, que no plou ni gota, o que no torna a eixir l'arc iris, o que ix i no passa aquest fenomen misteriós, o que...

—O que... ja està bé, ¿no? —protestà Xavier—. Ho poses més difícil que pegar a un pare, ¡tu! Si no plou, farem ploure, ¡caram!

—¿Com? —vam preguntar.

—Amb una mànega d'aigua, ¡xavals! Us poseu davall i us faig una xopada que no l'oblideu en la vida —va riure.

Pensava que estava de broma, però Xavier va continuar ben seriós:

—¿És que no us heu adonat que amb una mànega d'aigua podeu crear un arc iris sempre que vulgueu? ¿Que no ajudeu els vostres pares a regar els jardins o què, xavals?

Ens vam mirar estranyats. I vam mirar el sol. La terra, amb el seu gir, estava amagant-nos el sol. Hauríem d'esperar a l'endemà, vam pensar, sense dir-nos-ho.

—¡Jo no crec en aquestes favades! —va intervenir l'Agnés—. ¡No crec que hàgem vist res de res! ¡No crec que la botella, ni el missatge de dins, tinguen res a veure amb la visió que dieu que heu tingut...

—¡Que hem tingut! —vam rectificar.

—¡Que heu tingut! —va entossudir-se—. ¡No he vist bojos més bojos que vosaltres!

I es va posar d'esquena a tots.

Per uns moments va semblar-nos que ens havia caigut la llonganissa a la cendra. Ningú no desitjava passar per boig. Però la reacció fou ràpida. Tots vam tirar-li a la cara que havíem vist aquelles visions i que ella ho negava per fer-nos la contra.

Aleshores Tico va dir:

—¿De què em sona a mi aquest punyal?... Com si l'haguera vist...

Llavors vam quedar-nos gelats. Perquè si Tico assegurava que l'havia vist, de veres era.

—Però no recorde on —afegí decebut, estenent els braços en senyal de disculpa.

—¡Doncs sí que l'hem feta bona! —vaig dir—. Ara que podíem haver seguit una pista...

Per un moment vam quedar-nos sense alé. Però Maria va tenir una intervenció prodigiosa.

—Si tu creus que has vist el punyal, algú més ha pogut veure'l.

—¿I què? —preguntà Tico.

—Que podem fer-ne fotocòpies i les podem repartir entre els coneguts... o exposar-les en algun lloc públic... I que ens avisen si algú recorda res...

—Allò que se'n diu la col·laboració ciutadana —corroborà de broma Xavier. I afegí:— ¡Fantàstic! ¡Guai del Paraguai!

—Podem posar deu duros cadascú per a fotocòpies —digué emocionada Elisa—. ¿T'hi apuntes, Agnés? —va invitar-la, perquè Agnés havia dit que no creia en tot el que havíem vist.

—¡És tirar els diners, això que voleu fer! —seguia encabotada a no cedir.

—¡Jo sí que m'hi apunte! —digué convençut Xavier.

—¡I jo!...

—¡I jo!...

Així tots. Agnés, en veure's tota sola, va murmurar com si ens fera un favor:

—Bo, tios, m'hi apunte, també...

—No ens calen els teus duros —li menyspreà Tico.

—Ha acceptat com tots, ¿no? —vaig tallar.

I vaig traure els meus deu duros.

—¡Ah! —ens advertí Elisa—. Hem de contar-ho

tot a Barto i hem d'invitar-lo a participar en la investigació, ¿no?

—És clar —vam exclamar—. Podem anar a veure com es troba, i, si es troba bé, li ho contem.

Vam anar-hi. Durant el camí vam acordar que no contaríem a ningú més allò que havíem viscut, tan estrany i misteriós. No desitjàvem, com havia assegurat Agnés, que ens prengueren com si fórem bojos. Avui ja no creia ningú en fets anormals, fantàstics o misteriosos. Els turistes arribaven a la nostra platja per passar-s'ho bé, prenien el bany o es menjaven unes mariscades que tombaven de tòs, i res més. I els nostres conciutadans només pensaven a guanyar la pela.

Ja era poqueta nit quan arribàrem a ca Barto. Es trobava millor, però encara tenia el rostre un poc pàl·lid. Vam bromejar amb ell. Quan sa mare ens va deixar sols, amb un «no el maregeu massa, que ja n'està ell prou», vam preguntar-li que com era que havia fumat, tan *anti* com era ell del tabac. No ens ho volia confessar. Però Tico va dir:

—T'ha entrat la *depre*, ¿no, tio? Com la francesenta t'ha deixat pel Robert...

Llavors Barto va confessar que sí mig rient.

—¡No sabeu com m'agrada!... Com no tenia res a mà per a pirar-me —va bromejar—, he furtat un cigarret a mon pare...

—Un de menys que no fumarà, ell... —va dir Elisa.

Vam riure. Perquè tots coneixíem com era de tranquil Barto. La Françoise, ni se'l mirava, perquè assegurava que estava massa gros per al seu gust. I, a més, Barto tenia complex de gos. Quan anàvem a la platja s'enfrontava, a lladrucs, amb tots els gossos que hi acudien.

Tot seguit vam posar cara de circumstàncies. Ningú no sabia com començar ni què dir. Ell ens va mirar estranyat.

—¿Què passa, tu?, ¿algun soterrar? —va preguntar.

Vaig prendre la paraula, perquè tothom em mirava invitant-me a parlar.

—Ens han passat coses rares i meravelloses, Barto... Però abans has de prometre que res del que et contarem no ho revelaràs a ningú...

Va mirar-nos ben astorat. No comprenia res ni era capaç d'imaginar per on podríem eixir-li.

—Paraula de gos —va exclamar. I va fer tres lladrucs.

Li ho vam acceptar com a bo.

—Havíem vist l'actuació dels titelles. Bé, quasi tota, perquè el ruixat d'aigua va interrompre, cap al final, l'actuació...

Vaig anar contant-li-ho. No sé si m'escoltava. Quan vaig arribar al moment de la descoberta d'aquell espectre dins la mar, als peus de l'arc iris, no sabia com continuar, perquè m'havia posat nerviós en veure els seus ulls inexpressius. Aleshores, vaig atansar-li el tros de pergamí.

—Aquest és el missatge que hi havia dins la botella.

Barto va agafar-lo i el va examinar amb deteniment. El rostre li va canviar i va entrar en color. El que ens va assegurar, ens gelà la sang.

III
El punyal del Museu Municipal

—¡Redeula! ¡Juraria que aquest és el punyal que hi ha exposat al museu municipal! —va exclamar Barto vivament impressionat.

Als qui érem del poble se'ns va fer la llum. Ningú no ens n'havíem adonat. Efectivament, si ara miràvem el punyal, podíem comparar-lo amb el que hi havia exposat al museu municipal. Aquell museu que només visitàvem en temps de classe si ens hi portaven els tutors. Pel que s'hi veia, calia visitar-lo més sovint i conéixer el nostre passat. Però, ¿què feia un punyal com aquest al museu? ¿És que algú l'havia furtat i, ara, el retornava? I si era el mateix, ¿què podia significar? ¿Per què hi era? ¿A qui havia pertangut?... Se'm van amuntegar les preguntes al cervell i no les podia respondre, mentre Tico no parava de dir que, és clar, era al museu on recordava haver-lo vist.

—¿I què podem fer ara? —va preguntar Xavier—. Són hores d'estar tancat.

—Podem demanar al senyor Cosme que ens òbriga un moment. Només per a comparar-lo i cerciorarnos que és un punyal idèntic... —digué Elisa.

—No ens obrirà. Té mal geni, el senyor Cosme —ens advertí Maria.

—¡Tu, Maria, sempre tan optimista! —protestà Elisa—. ¡No es morirà, no, per obrir-nos cinc minuts!...

—¿Però a tu, què, si no hi creus? —li va retraure Maria.

—¡Era broma, tu! ¿No he pagat com tots?

Ara, Elisa se sentia fortament protagonista.

—Doncs, ¿què esteu esperant? —va protestar Barto, alçant-se del llit—. ¡Som-hi!

La senyora Eulàlia no tingué temps d'aturar el seu fill.

—¡Que em trobe bé, mamà! Més bé que mai, ¿saps? ¡Jo no em perd aquesta investigació! —va dir al mateix temps que pujàvem carrer amunt.

Mentre ens dirigíem a cal senyor Cosme, el director del museu municipal, jo em delia d'arribar a casa i que el meu avi em recontara aquelles històries de quan jo era petit. Escoltaria cada paraula fins al més mínim so, per veure quina relació podia tenir tot allò amb la història que ara ens ocupava.

En girar tres cantons, vam arribar davant la porta de cal senyor Cosme. Justament el vam trobar sopant. Quan ens va obrir la porta, encara acabava d'empassar-se mitja botifarra. Ho vam saber per l'olor que feia el seu alé quan ens va parlar. I es va negar categòricament a obrir-nos el museu.

—¡Ca! —va exclamar llepant-se els llavis—. El museu té un horari i cal que el respectem. ¿On arribaríem si obríem o tancàvem quan ens abellira? ¿Què és tan urgent allò que us cal veure?

—Sí —gosà contestar-li Elisa amb decisió—. Hem trobat dins d'aquesta botella, que surava per damunt l'aigua de la mar, aquest pergamí amb un punyal dibuixat. Aquest. I, fixe's, senyor Cosme, Barto assegura que és idèntic a un que hi ha al museu...

El senyor Cosme allargà la mà per agafar el pergamí que li oferia jo. El va examinar amb atenció. Llavors obrí els ulls com taronges i li entrà un colp de tos que quasi vomita la botifarra.

—Està molt ben dibuixat, el punyal. És una bona imitació. ¿Qui de vosaltres l'ha dibuixat?, perquè no voldreu fer-me creure la història tan absurda de la botella... Encara que no he vist últimament ningú de vosaltres pel museu —aconseguí articular.

El senyor Cosme, amb una calba de frare, es mirava el punyal i rebregava suaument el pergamí amb la punta dels dits esgrogueïts per la nicotina.

—Bé. Demà, de quatre a sis, en horari d'estiu, us espere al museu —i va retirar-se, tot quedant-se amb el nostre missatge.

Ens vam quedar amb un pam de nas. Sense el missatge i sense les fotocòpies que volíem haver fet.

Va ser un colp baix. ¿Què hi féiem, ara?

—¡Entrem en sa casa i furtem-li'l! —cridà Barto, enfurit.

—De robar, res —vaig aclarir—, recuperar és més exacte, perquè era nostre, ¿no?

Vam arribar amb el cap cot fins a la plaça Major. Vam seure a terra, vora els jardins. A poc a poc, vam anar cavil·lant quina podia ser la nostra actuació: dibuixar, en primer lloc el punyal, talment com el recordàvem, i pensar com podíem recuperar-lo, com més prompte millor.

Era tard, hora de sopar. En resum: amuntegaríem davant de cal senyor Cosme tots els trastos vells que poguérem aconseguir, hi botaríem foc i quan ell isquera per apagar la foguera, Barto s'esmunyiria dins de casa i buscaria el pergamí. Tot hauria de ser a partir de mitjanit.

Pensat i fet. Vaig arribar a casa. Tothom era a taula. El pare em preguntà, no massa sever, per què havia arribat tard a sopar. Vaig excusar-me dient que, com era tan de dia, m'havia distret de l'hora, amb el sol encara fora, a quarts de deu... Vaig sopar ràpidament perquè volia xarrar amb l'avi Gaspar. El iaio es conservava molt bé, tot i l'edat. Era alt i prim. Amb quasi tot el cabell, blanc, amb un tint de blau. Quan va eixir a la terrassa de casa, vaig seure al seu costat.

—¿Iaio, tu te'n recordes, d'aquelles històries que em contaves de menut?

—¿Quines històries, Quelo? ¡Te n'he contades tantes!... Recorde que me'n demanaves, quan encara no alçaves tres pams de terra... Però en fer-te més fadrí, asseguraves que era impossible que pogueren passar aquelles coses... I em sembla que te'n burlaves una mica —va bonegar-me afablement.

—Ara m'agradaria tornar-les a sentir... ¿Recordes aquelles de no sé què de l'arc iris i un home que s'hi apareixia?...

El seu rostre es va il·luminar.

—¿A quin sant ve això, ara? —protestà interessat.

—Avui ha eixit l'arc, ¿no?... He sentit un vell que contava una història semblant... —vaig mentir-li.

Va somriure.

—Ja és estrany, això... Avui ja ningú no en parla, d'aquestes històries... Sí, ho recorde, però ja quasi ho dubte jo mateix. Era tan fantàstic, que tot degué ser un invent de la gent..., ¿sents? En aquells dies hi havia temps per a tot. Fins i tot per a somniar despert... No és com ara que la gent viu atrafegada, no té temps de seure i mirar-se la mar, o el cel; o ficar-se en els seus pensaments i reviure'ls... Perquè recordar és tornar a viure, ¿sents, Quelo?...

—Sí —vaig murmurar.

Va fer una pausa, mentre mirava el mar, i va continuar:

—Jo ho vaig sentir contar al meu pare, i ell, al seu. Fixa't, quan encara hi havia diligències i no ha-

vien foradat les muntanyes perquè passaren els trens... Quan els mariners arribaven de la pesquera, sols els quedava temps per al descans, i quan no eixien a la mar, tenien temps per a tot: arranjaven les xàrcies, bevien a la taverna o sembraven llegums. Conten que, els dies de tronada de primavera a tardor, quan eixia l'arc de Sant Martí, algunes persones asseguraven que havien vist un espectre humà, un fantasma, vestit de pirata, que de vegades s'envolava des de l'arc i corria cap als pescadors que hi havia prop, en alta mar o a voramar. Duia a les mans alguna cosa. Com un paper, conten uns; una botella, conten els altres... Dic jo, si unes voltes hi duria un paper i les altres una botella... Fins i tot van assegurar que una de tantes voltes va aconseguir d'arribar fins a la barca de dos pescadors que vogaven ràpids cap a casa i que, després de l'ensurt que van rebre, aconseguí de parlar amb ells, i que els va fer lliurament d'un pergamí. Però mai no s'ha pogut confirmar si això era de veres. El cert és que el fenomen sol repetir-se, però tothom sol silenciar-lo, potser perquè ja ningú no creu en aquests fets misteriosos... Però podria contar-te més d'una història, jo... Com aquell cas que...

—No, iaio, m'interessa molt el que fa referència al pirata aquest —vaig tallar-lo, perquè sabia que s'enrotllaria amb deu històries més i no m'acabaria de contar la que més em calia.

—Bé, veig que al cap de tants d'anys he d'esforçar-me a contar-te històries que no t'interessaven de menut... Conten que no sols era la figura del pirata...

Va deturar-se. Em posà la mà sobre el cap i me'l va acaronar suaument. Amb veu emocionada va murmurar:

—El que ara et contaré, no ho he contat mai a ningú. Ho he tingut com un secret. Però ja que sóc vell i no desitge que el secret muira amb mi, i ja que m'ho demanes amb tanta insistència, i tu sabràs per què, t'ho referiré...

I va continuar el relat:

—El meu pare va contar-me, perquè jurava que ho va presenciar, que una vegada, mentre seia al balcó de casa, va eixir l'arc iris. Hi havia hagut una tronada, com s'esdevenen de tant en tant, plena de llamps que et passen entre les cames, trons esgarrats que somouen els fonaments de les muntanyes i podrien ressuscitar un mort. La mar s'alçava tan brava que arribava fins als portals de les primeres cases i ramassava la platja fins a fer-la desaparéixer de la vista. Va ser un espectacle meravellós, que pagava la pena de mirar... Em contava el pare que, en passar la tronada, va eixir, puntual, l'arc. Però ho féu d'una manera fantàstica, meravellosa, com si tots els colors de la naturalesa s'hi hagueren citat per fer jocs de llums i colors, i per mostrar el món de manera canviant i il·lusòria... La mar i el cel es mostraven amb els set colors de l'arc. I sota l'arc, dins la mar, a prop de l'Illa

Cranca, va veure aquella visió... El pirata que corria cap a la platja, duent a les mans un objecte, i que va esfumar-se abans d'arribar-hi, tot just amb l'arc... Ja veus, és la primera volta que ho conte a ningú, perquè ni ton pare ho sap, Quelo...

Vaig sentir-me tan emocionat per la mostra de confiança que em féu, el iaio, que els ulls se'm van negar i se'm va fer un nus a la gola en retenir les llàgrimes. Aleshores no vaig poder estar-me i li vaig confessar:

—És que avui, iaio, tot això que m'has contat, ho he viscut jo amb els meus amics, ¿saps?... Hem vist l'arc amb els seus colors i hi hem vist el pirata... I, a més, ens ha deixat un missatge...

—¿Què em dius, Quelo? ¿Un missatge? —em preguntà fortament impressionat.

Llavors li ho vaig contar tot, fil per randa.

—Doncs l'heu de recuperar, siga com siga. Alguna cosa deu voler comunicar-vos. Pot ser una ànima en pena que busca una satisfacció, una reparació, o, simplement, una oració..., vés a saber... —continuava.

—¿Però per què un pirata, iaio?

—No ho sé, fill. El meu avi assegurava que al principi del segle XIX van tornar a haver-hi alguns pirates per la Mediterrània, sobretot a la mar grega... Véshi a saber si algú d'ells va fer cap, per necessitat, a les nostres costes...

—Això deu ser... Però no sé com ens ho farem

per a recuperar el pergamí —vaig excusar-me, perquè no volia revelar-li quin era el nostre estratagema per si el desaprovava.

—¡Ja li diré jo, al senyor Cosme, el que ha de fer amb el pergamí! ¡No tindrà ganes d'escoltar-me! Si em necessiteu, Quelo, conteu amb mi —s'oferí, agafant-me el braç i estrenyent-me'l amb força.

Vaig sortir de casa ple de moral, que falta me'n feia.

IV
El rescat del pergamí

Jo no sé d'on vam poder traure tanta andròmina inservible. I és que, a les grans ciutats o als pobles turístics, com era el nostre cas, s'amunteguen, en tombar cada cantó dels afores, piles de deixalles on pots trobar una cadira trencada, un balancí corcat, un cotxet de nen espatlat, un lavabo badat, una consola antiga, un espill clevillat, un matalàs esgarrat, un televisor en blanc i negre, una gàbia rovellada, roba vella... I tot el que vosaltres vulgueu afegir-hi. Els uns vam carregar de caixes i els altres, d'andròmines. Tico va agafar una gran llauna i un pal i Xavier un poal d'aigua per si de cas. Vam fer cap davant de cal senyor Cosme. En un tancar i obrir d'ulls vam amuntegar-ho tot, li vam botar foc i Tico es posà a batre la llauna tan fort com podia, mentre la resta ens amagàvem en un cantó. Barto, segons l'estratègia esbossada, era l'encarregat d'entrar a cal senyor Cosme perquè, assegurà, «ningú millor que jo pot ensumar on hi ha amagat el pergamí». Les flames ja eren altes quan alguns veïns van abocar-se a les finestres. Van demanar que quina festa era, si sant Joan ja havia passat.

—Sant Pere —va replicar-los Tico, tot deixant de tocar un moment.

Els veïns van quedar-se mirant la foguera. Tot seguit, va obrir la porta el senyor Cosme. Vestia uns calçons llargs, com els del iaio de feia anys i una samarreta. Només va veure la foguera i Tico. No va adonar-se, confús com eixia, dels veïns que miraven l'espectacle. Com la foguera l'havíem posada a consciència prop de la seua porta, les flamarades van il·luminar-li el rostre vivament. Va escridassar, no entenent per quina raó hi havia aparegut aquella falla, aquell dia, a aquella hora i davant de sa casa, tant de lloc com hi havia a la resta del poble. Si, a més, sols hi havia un ruc tocant el tabal amb una llauna. Va entrar en casa, després que féu un volt entorn a la foguera, guaitant-la fixament, i amenaçà amb el puny enlaire el Tico. Va deixar la porta oberta. Era el moment que esperàvem, perquè, segurament, hi havia entrat per un poal d'aigua. Com que hi havia veïns observant l'espectacle, vam eixir tots de l'amagatall un moment per fer possible que, amb la confusió, el Barto penetrara dins de cal senyor Cosme sense ser vist pels veïns. Barto, després d'observar que no hi havia roba estesa, va entrar-hi, sense cap manament judicial. Però, d'haver-lo demanat, tampoc no ens l'hagueren concedit. Mentre el senyor Cosme omplia el poal d'aigua, nosaltres atiàvem el foc, davant el riure dels veïns que no entenien de què anava el *show* que dúiem entre mans, però que s'ho passaven *pipa* veient com entrava i eixia el senyor Cosme en calçons, murmurant malediccions contra no sé quins dimonis de bandarres.

Així fins que va eixir Barto i va exclamar eufòric:

—¡Ja el tinc!

Llavors vam acabar d'apagar la foguera i vam anar cap a la plaça Major. En arribar-hi, a la llum dels fanals, Barto ens va ensenyar el pergamí i, dibuixat en ell, el punyal. Me'n vaig fer càrrec, del pergamí, per acord majoritari, i vam anar-nos-en a dormir, que era tard i ja n'hi havia prou per a aquell dia.

A la llum dels fanals, ningú no ens vam adonar de cap detall. A plena llum del dia, després que em vaig alçar de dormir i m'havia desdejunat, quan examinava el pergamí amb la satisfacció d'haver-lo rescatat, sí que me'n vaig sorprendre. El pergamí tenia una taca vermella en la part superior, i semblava més groguissó i vell, com una mica arnat, fins i tot. Vaig pensar que la taca vermella bé havia pogut causar-la el senyor Cosme en desar el pergamí en algun lloc brut..., però aquest color del pergamí, tan vell i arnat... Tot era recrear en el meu cervell la imatge del primer pergamí i el recordava antic, però net i uniforme de color... Tot i aquest contratemps, del qual encara ignorava les futures conseqüències que hauria de comportar, vaig atansar-me a la papereria més propera per fer-ne les fotocòpies. L'amo, el senyor Joaquim, va mirar el pergamí, arrufà el nas i va posar el pergamí a la fotocopiadora. Va prémer el número 40, que corresponia a la quantitat exacta de fotocòpies que podíem fer segons els diners que havíem recaptat. Va eixir el primer full, i el segon..., i no s'hi veia res... Unes taques grises per mitjan full. El senyor Joaquim va aturar la màquina.

—Deu estar encara freda —va dir—. Sol ocórrer alguna volta.

Vam esperar uns cinc minuts. Al cap dels quals l'home va tornar a prémer el botó. ¡Ca! No s'hi marcava res, si exceptuàvem les mateixes ombres grises.

—No crec que li falte *toner*. La vaig carregar la setmana passada —es queixà una miqueta picat.

Va obrir el calaix del *toner*. N'hi havia prou perquè la màquina no fera cap malifeta...

—No ho entenc.

Va alçar la tapa de la fotocopiadora. Va mirar si el pergamí era ben col·locat (ho era), i tornà a prémer el botó. ¡Creu-t'ho! En blanc.

El senyor Joaquim va pegar un colp de puny a la pobra màquina, va tocar-ne el forn per veure si era calent (va apartar-ne ràpidament els dits perquè es cremava), i tornà a col·locar-ho tot com abans. Va prémer el botó, i res. En blanc. Només les persistents taques grises.

Va tornar a fotre un colp de puny a la pobra màquina, em va tornar l'original, tot cabrejat, com tret de polleguera, i em va acomiadar sense dir-me ni pruna.

Però jo em vaig quedar més estranyat que no ell. No sé per què, se'm va posar la mosca a l'orella. Aquell missatge... Vaig dirigir-me a una altra llibreria i... el mateix resultat. Els fulls eixien en blanc... tret de les persistents ombres grises al mig del full... Vaig cavil·lar que abans d'esgotar totes les fotocopiadores que hi havia al poble, calia advertir-ho als meus amics i que ells mateixos ho veieren amb els seus propis ulls, perquè no em creurien... ¡Aquest punyal es resistia a ser fotocopiat!

Per tant, tenia dues qüestions entre mans: cerciorar-me que aquell era el mateix pergamí i no cap altre més que el que vam trobar la vespra dins la botella, i trobar una explicació al fet que el punyal es negara a ser reproduït... Va ser, aleshores, quan vaig recordar el que l'avi em va contar d'aquells dos pescadors que van trobar-se amb el fantasma del pirata i asseguraven que van parlar amb ell i els havia donat un... ¡pergamí! Vaig sentir un calfred. ¿Potser jo estava en possessió d'aquell altre pergamí, el que guardava el senyor Cosme i, que Barto, equivocadament, va agafar? Vaig preveure que, si era de veres, tot tindria una explicació diferent. No sé si en aquell moment vaig arribar a comprendre-ho. Però, amb tant d'embolic al cap, el cervell no em carburava amb nor-

TAR

malitat. Per això, vaig preferir anar a la platja i trobar-m'hi amb la colla d'amics.

Tothom hi havia arribat amb puntualitat, delerosos de comentar els darrers esdeveniments i de saber més novetats. Quan els vaig fer observar el pergamí, Tico, primer que ningú, i tot seguit els altres, van exclamar:

—¡Aquest no és el mateix pergamí, tu!

—Exacte. Això temia, però volia que m'ho confirmàreu.

—¡Però és estrany! És el mateix dibuix. Exactament igual, el recorde ben bé —digué Agnés—. El mateix dibuix, les mateixes lletres J.W...

Davant la sorpresa de tots, que van restar muts mentre es miraven entre ells i observaven i tocaven el pergamí, vaig continuar:

—¿Imagineu el que açò significa?...

Nova sorpresa.

—Significa que el senyor Cosme en tenia un altre... —deduí el Tico, fàcilment.

—¡Exacte! No té cap altra explicació —continuava jo, assentint.

Exclamacions a manta. Però encara no els havia sorprés prou. Vaig invitar-los a seguir-me. Vam fer cap a una nova llibreria. Vaig demanar que feren fotocòpies i... un altre senyor, el senyor Damià, tret de polleguera, digué que havia d'avisar el tècnic.

—Ho ha fet en dues fotocopiadores més —vaig

contar-los una volta vam eixir-ne—. He volgut que ho comprovàreu per vosaltres mateixos... Veieu, unes ombres a la meitat del full i res més... Així és que ens trobem davant d'un misteri. Caldrà que actuem amb discreció. Algú ens pot estar vigilant o seguint les nostres passes, perquè el senyor Cosme potser que se n'haja adonat, ja... ¡I qui sap si amb ell hi ha algú més!...

—¿No serà tot açò una maledicció, com van ser-ho les piràmides d'Egipte, i recaurà sobre nosaltres? —preguntà amb esglai Maria.

—No ho crec. No s'ha comentat que haja passat mai cap desgràcia al poble... Jo crec que aquest pirata deu estar demanant-nos ajuda. Si ara ens negàrem a ajudar-lo... potser sí que ens podria castigar... —vaig advertir-los per por que se'n feren enrere.

—¿Però com s'explica que el senyor Cosme tinguera un altre pergamí amb el mateix dibuix? —preguntà Xavier.

De moment, vaig preferir no donar cap explicació.

—Haurem d'acudir al museu, a les quatre... —vaig canviar de tema—. Hi comprovarem si els punyals coincideixen...

Vam passar per ma casa i vaig amagar el pergamí en un lloc secret. Ma mare, en veure'm tan atrafegat, va guaitar-me estranyada. Havia notat que alguna cosa em portava entre mans i no n'estava assabentada.

—Hola, mamà —vaig saludar-la amb naturalitat, mentre tancava la porta de la meua habitació.

—No sé què dimonis fas. Tornes tard, te'n vas enjorn, tornes, te'n vas de nou... Estàs ociós...

—Sí...

I vaig tornar a anar-me'n corrents.

Vam tornar a la platja. El dia era calorós. Havíem suat a bastament. L'aigua, vam trobar-la d'allò més bona. Però miràvem la mar amb curiositat i temor, perquè no podíem oblidar tot el que ens estava passant. I perquè ignoràvem els fets esdevenidors, tan amagats.

V
L'enigma del punyal del Museu

Quan arribàrem al museu, tal com vam acordar, a les quatre en punt, vam ser protagonistes d'una nova sorpresa. Vam entrar-hi xafant els talons al senyor Cosme. Tots, tret de Tico, el que havia tocat el tabal, no fóra cas que el senyor Cosme el reconeguera i ens armava un canyaret.

Barto va conduir-nos al prestatge on ell recordava haver-hi vist el punyal. Però, ¡res! Vam guaitar i vam escodrinyar per tot el museu, per cada racó i amagatall, i res. Com si la terra se l'haguera engolit...

En el nostre museu municipal hi ha molts i diversos objectes. Els més antics són fòssils d'animals terrestres i de vegetals. Tots petris. L'os d'un brontosaure, tres conquilles de petxina, unes fulles carbonitzades de falguera incrustades dins la roca. Hi ha unes puntes de fletxa i uns ratlladors de sílex, una destral trencada, moles, una plaqueta de bronze amb signes semiesborrats i indesxifrables, restes de ceràmica ibèrica, romana, vidres. I així fins a passar per cada època: amb ballestes, relicaris, canelobres, calzes, creus de bronze (una, romànica), llibres, cartes, vestits, eines de treball en desús...

Crec que si heu visitat mai un museu ja sabreu fer-vos-en la idea. Una petita història de cada cosa i de cada època, totes en una amalgama, separades per prestatgeries. La realitat era que nosaltres no estàvem per fixar-nos-hi gens. En comprovar la desaparició del punyal, ens va entrar una irritació interior i una frustració tan gran que vam començar a proferir crits de protesta.

—¡Volem el punyal! ¡Volem el punyal! —cridàvem.

El senyor Cosme es va astorar tot i ens va amenaçar que, si no callàvem, ens feia fora a puntellades. Llavors Barto va demanar-li on era el punyal que hi havia en el prestatge que li assenyalava.

—¿De quin punyal em parles, xicot? —demanà el director del museu amb cara de mals amics.

—¡Vosté bé que ho sap, senyor Cosme! Ací hi havia un punyal. Un punyal com el que hi havia dibuixat al pergamí que vosté ens va furtar anit —el va acusar Barto.

El senyor Cosme mudà el color dels ulls. Es va posar roig. Suava. Els seus ulls van obrir-se com taronges, i llançaven foc.

—¿¡Furtat!?... ¿¡Quin pergamí dius que us he furtat, eh!?... ¿¡M'acuseu de lladre, vosaltres!?... ¿¡Quan s'ha vist açò!?... ¡D'un pessic us tire al carrer, monyicots!...

Però els nostres ulls acusadors, que el miraven fit a fit sense pestanyejar, van aconseguir que a poc a poc el senyor Cosme vacil·lara. Les paraules se li lligaven, s'embolicava i no sabia què dir.

—Bé; em vaig quedar involuntàriament un paper que vau venir a ensenyar-me, sí...

—Un pergamí —va corregir-lo Xavier.

—Sí, això és, un tros de pergamí, per a ser exactes... Sóc molt distret, jo... Però us el pense tornar... ¿Dieu que hi havia un punyal dibuixat al pergamí?...

—Sí —vam respondre tots alhora.

—Sí, em sembla que ja me'n recorde... Però, ¿què té a veure amb...?

—Amb un punyal que hi havia ací —insistí Barto—. ¡Era igualet!

—No..., no el recorde, fill... Mai no hi ha hagut cap punyal al museu, que jo recorde...

Va ser aleshores quan, en fixar-nos en el prestatge que Barto assenyalava, vam descobrir dos detalls. L'un, que en la prestatgeria, en oposició a la llum, s'hi notava un buit, més net de pols, i que els objectes més immediats havien estat recorreguts i espaiats. La conclusió que vam traure posteriorment era evident. El punyal havia estat sostret del seu lloc i, per dissimular el seu buit, els altres objectes havien estat redistribuïts en l'espai. L'altre detall va ser que al mateix prestatge hi havia una medalla d'or, amb una cadena del mateix metall. La medalla duia gravada una caravel·la que navegava per alta mar. Una llegenda, en paper groguissó, deia: «Kole Shijaku. 1801». ¿Quina relació podia tenir aquesta medalla amb el punyal? ¿Per què era al mateix prestatge d'on, suposadament, havia estat sostret el punyal? Les seues inicials eren K.S., mentre que les gravades al punyal eren J.W. No coincidien, doncs.

Més tard sabríem quina era la seua relació, tan pròxima.

Davant la negativa del senyor Cosme a col·laborar (és un dir, davant els fets tan contraris), vam encabotar-nos a assegurar que sí que hi havia el punyal. Però res més. Vam girar cua. Quan ens n'eixíem, el director del museu va increpar-nos:

—¿De qui va ser la idea d'encendre la foguera, eh?... ¡Si us torne a veure rondant per ma casa, us acaçaré a bastonades!...

Estava visiblement enutjat, el senyor Cosme, o ho feia veure. La meua conclusió fou que ell encara ignorava que li havíem furtat el *seu* pergamí ¿Què passaria quan se n'adonara?

Vam fer cap a la plaça Major, com sempre. Vam analitzar la situació. Després de valorar cada detall, com he assenyalat més amunt, la conclusió fou clara i unànime: el senyor Cosme sabia més que no ens imaginàvem. Per alguna raó ens ocultava les proves

que hi havia sobre el cas. Si la medalla tenia res a veure amb tots els altres fets, deixar-la al prestatge podia deure's a la precipitació amb què havia actuat, o al fet que creguera que no hi establiríem cap relació. Però, ¿per què? ¿Què signifiquen el punyal i els trossos de pergamí? ¿Ens havíem ficat, sense saber-ho, en un atzucac? ¿En un perill? ¿Érem darrere d'algun secret que el senyor Cosme s'entestava a ocultar-nos?

Més que mai, vam fer una pinya. Vam posar les mans unes damunt les altres, com una sola mà, una sola voluntat, disposats a continuar lluitant per esclarir aquell misteri. Però, ¿com?

Vaig pensar en el meu avi. S'havia oferit a ajudar-me. Potser a ell, per l'edat, el senyor Cosme el miraria amb més respecte. Vaig consultar a la resta d'amics si creien convenient que ho contàrem tot al meu avi. Tots s'hi van mostrar conformes. De manera que vam anar a buscar-lo. No era a casa. Era al bar xarrant amb uns vells amics mariners.

—Volíem parlar amb tu, iaio, els meus amics i jo.

Es va alçar i va invitar-nos a seure en una taula a banda, a la terrassa del bar. Llavors li ho vam contar tot fil per randa. Tot el que s'havia esdevingut.

VI
La intervenció de l'avi Gaspar

L'avi Gaspar va escoltar-nos amb atenció i sorpresa. En arribar a la desaparició del punyal del museu, confirmà les sospites que nosaltres teníem sobre l'actuació del senyor Cosme.

—No hi ha dubte. Si és cert que el vostre amic Barto i algú de vosaltres recorda haver vist el punyal al museu, és que ell, el senyor Cosme, l'ha fet desaparéixer precipitadament.

Sabíem, doncs, que no hi havia cap fantasia afegida a les nostres conclusions. Vam demanar al meu avi si ens volia acompanyar al museu, tot recordant-li la promesa que havia fet d'ajudar-nos. No s'hi va negar.

—Ja li cantaré jo les quaranta, a aquest sangonera —va dir.

El senyor Cosme, en veure'ns entrar al museu, ara acompanyats pel meu avi, va actuar de manera molt diferent. Va dirigir-se cap al meu iaio i el va saludar amb un somrís.

—¿A què dec la seua inestimable visita, senyor Gaspar? —va preguntar sense esperar resposta—. Vinga i li mostraré tot el que desitge veure del nostre petit i humil museu municipal que jo, immerescudament, dirigesc...

A nosaltres, ni ens mirava, el senyor Cosme.

—¡No vinc per veure el museu, senyor Cosme! —va protestar l'avi—. Totes aquestes antiguitats em causen picantor al cos, tan velles i polsoses... ¿Per a què serveixen si ningú no en fa ús?... ¡Llàstima de local i de temps que li fan perdre! ¡I de diners!...

El senyor Cosme va acceptar, sense perdre el seu somrís, la perorata de l'avi.

—No diga aquestes coses, senyor Gaspar... ¡Quin exemple, per als xavals! Ells han de saber que el present està fet amb l'ajuda del passat i que el progrés és qüestió de temps. Un temps mesurat i sense salts... Bé, petits salts quan s'esdevé un descobriment important... La roda, la teoria de l'heliocentrisme, la de la gravetat, l'electricitat, la penicil·lina, la fusió... Ja hi veu, si no. Abans els primitius molien amb dues pedres calcàries, com pot veure ací...

I va mostrar-li una pedra, la jussana, navicular, i una altra, la sobirana, més petita, prènsil i plana.

—Després es molia amb pedres més grosses, mogudes per persones, per animals, per l'aigua o pel vent, fins arribar a les actuals trilladores, que seguen i baten en el mateix camp... I si mirem les armes d'atac, des del cudol, la destral o la fletxa de pedra de sílex, la ba...

—¡No he vingut per escoltar cap lliçó, senyor Cosme! —el tallà l'avi en sec—. Ja sé, com ens ho hem apanyat, que jo encara he conegut el món fa més de vuitanta anys enrere, quan cada cosa era al seu lloc. I l'he vist canviar tan ràpidament que me'n meravelle i me n'esgarrife, tot alhora, és cert... Però ací hem vingut, he vingut acompanyant aquesta xicalla, per una altra raó... ¿No té cap cadira per oferir-me, senyor Cosme?... Les meues cames ja no m'aguanten com de fadrí...

El senyor Cosme va demanar-li mil excuses. Del seu petit despatx (un recambró ple d'antiguitats per arxivar i ordenar) va traure una cadira, tan fossilitzada com el brontosaure, i la va oferir al iaio.

—Disculpe, senyor Gaspar —va dir.

L'avi va seure, va mirar el senyor Cosme i va anar directe al gra.

A mesura que relatava els fets, tal com li'ls havíem contat, el senyor Cosme es botinflava, vermell com una rosella. L'avi, que era molt llest, va deixar-se en la mànega, com vulgarment es diu, unes cartes segures i sorprenents. El senyor Cosme, tot intentant retornar al seu estat natural, tranquil i afable, va contestar que «ja s'hi veu, que els joves tenim una fantasia admirable, digna d'enveja, que amb els anys, heus ací quina llàstima, anem perdent». Va negar que hi haguera hagut mai cap punyal al museu. Aleshores fou quan el meu avi començà a jugar les seues cartes ocultes. Va alçar-se de la cadira i es va dirigir cap al prestatge que nosaltres li havíem indicat, allà on havíem notat aquell buit de pols a contrallum.

Quan ens hi vam atansar, però, no solament n'havia estat esborrada tota empremta que indicara l'anterior existència de cap objecte, sinó que també n'havia desaparegut la medalla d'or. Vam quedar-nos fets de pedra. No sabíem què dir. L'avi ens va mirar, tot sorprés, mut, amb la mà enlaire per assenyalar alguna cosa que no hi trobava.

—¿Esteu segurs, fills, que tot era ací, com m'heu contat?... —va reaccionar finalment l'avi.

—¡¡¡Sí!!!

El nostre «sí» fou segur i unànime. El senyor Cosme va tornar a envermellir i tots els seus esforços per dissimular es feien més i més difícils.

—Supose que deu tenir algun inventari de tot el que hi ha al museu —digué l'avi amb gran fermesa. El seu rostre s'havia endurit. Sempre li havia sabut molt greu fer el ridícul.

—No... —va balbotejar el senyor Cosme. Però davant la mirada insistent i escrutadora de l'avi, afegí:— vull dir que sí, que sí que hi ha un inventari de tot, senyor Gaspar... Però que ara, precisament, no sé si és hora de poder-lo mostrar...

—¿Que no és hora de poder-lo mostrar?... —va grunyir l'avi—. No sabia jo que els inventaris necessiten o no d'hora, ¡senyor Cosme!... O té vosté l'in-

ventari, i jo li demane que el vull consultar, o no el té... ¿El té, vosté?

—Sí, és clar...

—Doncs li exigesc que me'l mostre íntegre... ¡I si hi trobe a faltar una sola peça de l'inventari, li assegure que el denunciaré, que li demanaré tota mena de responsabilitats!... —continuà l'avi amb veu enèrgica i contundent.

I va ser aleshores quan el senyor Cosme es va desplomar moralment, perquè es va veure atrapat entre l'espasa i la paret.

Va entrar al despatx. Però no en tragué cap inventari, sinó una altra cadira. Una cadira on va seure.

—Faça'm el favor de seure, senyor Gaspar —va invitar l'avi, que s'havia quedat dret, sense perdre cap detall dels moviments del senyor Cosme.

L'avi, ben sorprés, però imaginant que havia guanyat la partida, va seure de bell nou al costat del director. I tots nosaltres vam fer un rogle entorn dels dos. Vam mirar-nos amb expectació. El que podia revelar-nos el senyor Cosme, vam pensar, devia ser transcendental. I, efectivament, crec que no ho oblidarem mentre viurem.

VII
La confessió del senyor Cosme

—Vosté, senyor Gaspar, coneix la meua família de tota la vida, com jo conec la de vosté —va començar a contar el director del museu—. Els nostres cognoms es perden en el temps als arxius del poble. Entre la pesquera i el conreu d'uns bancals d'horta, quatre garrofes i tres oliveres, els nostres avantpassats han anat subsistint, fins que ara, amb el turisme i tres empreses modèliques, hem canviat de dalt a baix el caràcter, els costums, i tot sembla deteriorar-se, ningú no creu en res i menys encara en les històries del passat. I no sé per què dic tot açò...

Va suspirar profundament i va prosseguir:

—Sí... estic francament nerviós, sé que he obrat malament i he tractat d'ocultar la veritat..., però no ho he fet amb cap mala intenció, senyor Gaspar, sinó per por d'haver de revelar uns secrets a algú que ignorava si em comprendria...

El senyor Cosme es trobava nerviós, perquè no s'aclaria a trobar el fil de la narració. Tenia les mans tenses, els dits se'ls entrellaçava que no sé com se'n sortia a deslligar-se'ls.

—Començaré pel principi —va dir—. Al començament del segle passat va haver-hi un ressorgiment de la pirateria a la Mediterrània, centrada sobretot a la Mar Egea. Però sembla que en les seues fugides, perseguits per les naus reials, els pirates calaven en qualsevol lloc de les nostres costes. Això sembla que va passar un vespre de l'estiu de l'any 1831: una goleta pirata va ancorar enfront de la nostra platja. De nit, els pirates van desembarcar i van omplir la taverna La Gavina Negra de gom a gom. Les autoritats locals es van tancar en casa i van fer ulls grossos, temerosos d'alguna represàlia. La taverna pertanyia a un rebesavi meu, Francesc Montoliu. Tenia una filla jove, Teresa, d'uns vint anys, graciosa i bonica. Ajudava el seu pare en les faenes de la taverna, aguantava les bromes dels insolents i tenia paraules per a tots. Però no permetia que ningú li posara la mà al damunt.

Tot anava bé, aquella nit. Els pirates donaven bon compliment del vi del país, del rom, del conyac i de l'aiguardent. De tot el que continguera un didal d'alcohol. Xarraven pels colzes, feien broma i contaven històries que havien viscut, plenes de sang, unes; plenes d'enginy, altres. Fins que algú va trobar-se amb humor de posar-se amb la filla del taverner.

—Teresa —va interrompre'l Xavier.

—Sí, Teresa —va repetir el senyor Cosme amb un somrís. I va continuar:

—Sembla que un pirata vell va intentar besar la xica a la força. La majoria dels pirates reien aquests conats, però va eixir en defensa de la xica un altre pirata, jove, conegut per *l'Albanés*. Aquest va posar la punta del seu sabre en la gola del seu company: «Deixa la xica, si no vols que t'esgargamelle com a un pollastre», el va amenaçar.

El senyor Francesc Montoliu va enviar Teresa a dormir, en vista del caire que prenien els esdeveniments. L'ànim dels pirates es va calmar a poc a poc. Amb una mona impressionant, van caure com a ceps i es van adormir sobre les taules o es van gitar a la fresca del carrer...

Va fer una nova pausa, el senyor Cosme. Però jo estava ja tan intrigat que no vaig poder estar-me de preguntar-li:

—¿I què va passar després?

—Sembla que de matinada, una hora després d'haver-se gitat, el senyor Francesc Montoliu va ser desvetlat per uns crits terrorífics. Va reconéixer immediatament la veu de la seua filla que, des de la seua cambra, xisclava verament espantada. Sense tenir temps de vestir-se, va agafar un trabuc i va córrer cap allí. En obrir la porta, algú dels pirates va llançar-li un punyal i el va ferir al pit mortalment. El senyor Francesc Montoliu, bé conscientment o amb un acte reflex, va disparar el trabuc. La seua bala va ferir Jack Wilson, que va caure estés a terra i no va poder fugir.

—¡Jack Wilson! ¡Jack Wilson! —va cridar Tico—. ¡És la J i la W que hi ha gravades al punyal!

—¡Sí! —vam corroborar.

—Teniu raó —va confirmar el senyor Cosme—. Així és.

—No hem d'interrompre el relat —va advertir-nos l'avi—. Deixem-lo seguir...

El senyor Cosme va continuar:

—Doncs, Teresa, amb el seny mig perdut, va córrer en busca de l'autoritat. Aquesta, aprofitant l'estat ebri dels pirates, va prendre com a presoner Jack Wilson. Però en la cambra hi havia, estenallat i mort, un altre cadàver; el de *l'Albanés*, Kole Shijaku. Duia penjada al coll la medalla d'or.

El senyor Cosme va fer una pausa. Després continuà:

—Van arribar reforços al poble per temor que els pirates volgueren alliberar el presoner. Però va ser en va. Els pirates, a mesura que els passava la borratxera, van tornar a la goleta. Ningú no va interessar-se, ni mort ni viu, per aquell Jack Wilson ni per Kole Shijaku. Segons tradició, l'endemà mateix, es va seguir un juí sumaríssim contra Jack Wilson al jutjat de districte. Ell es va declarar innocent del càrrec que se li imputava. Però se'l va culpar del crim i va ser executat en la plaça pública aquella mateixa vesprada. Però, ¿què va passar dins la cambra de Teresa Montoliu?... ¡Mai no he pogut esbrinar-ho!

El senyor Cosme es va aturar. L'avi no n'havia perdut ni un so. Vaig observar cadascun dels meus amics. S'hauria pogut sentir el vol d'una mosca. Semblava que no respirava ningú, aguantant l'alé fins al màxim.

El senyor Cosme, emocionat en veure l'interés amb què l'havíem escoltat, vivament corprés d'haver descobert uns secrets que fins aleshores havia servat amb zel i que no havia gosat compartir amb ningú per temor de no ser cregut, va prosseguir:

—És des de l'ajusticiament de Jack Wilson quan es comença a tenir notícia d'aquests fenòmens que es produeixen només durant el temps que ix l'arc iris. Per a ser exactes, deu anys més tard. L'any 1841, segons va contar un besavi meu, Joan Feliu es trobava en alta mar, la tempesta va arribar ràpida, per ponent, i no va donar-li temps a arrecerar-se en la costa. Joan Feliu va observar els colors de l'arc i el pirata als seus peus. Aleshores el fantasma se li va atansar duent a les mans un pergamí. Joan Feliu va sentir-se posseït per un gran terror. Va abandonar la barca, tot llançant-se a la mar. Era un gran nadador, però va arribar extenuat, amb els ulls desencaixats, a la costa. Quan va contar el que havia vist, ningú no el va creure, tret del meu besavi. La descripció d'aquell fantasma coincidia amb la d'un d'aquells dos pirates que van rondar la comarca durant un temps. ¿Eren els dos pirates que havien fugit de la cambra de Teresa

Montoliu? Probablement. ¿Per què no van tornar a la goleta com la resta de pirates?...

—Només hi trobe una explicació —el tallà l'avi.

—¿Quina, senyor Gaspar? —preguntà àvidament el senyor Cosme.

—Que tingueren por del ferit, del...

—...del Jack Wilson —l'ajudà el senyor Cosme.

—Sí, senyor. En un principi els dos pirates ignoraven si el Jack Wilson havia estat ferit greument o no. I també si havia estat pres. Van fugir i es van amagar per por de la justícia. Açò em fa pensar, senyor Cosme, que Jack Wilson devia haver anat a la cambra de Teresa Montoliu per ajudar *l'Albanés*, i que, per tant, l'assassí del senyor Francesc Montoliu no devia ser el tal Jack Wilson, sinó un dels dos fugitius.

L'avi ens va deixar muts. Fins i tot al senyor Cosme, que va tardar a reaccionar.

—¡Fabulós, senyor Gaspar! El felicite sincerament... Però tot açò, és clar, encara no resol el problema. Vull dir, tot el problema. Perquè les inicials que hi ha al punyal són la J i la W. Les de Jack Wilson, l'acusat d'assassinat, precisament, i executat per la justícia. Haurem de demostrar, per contra, que era innocent.

—I caldrà que esbrinem per què el fantasma insisteix a aparéixer solament amb l'arc iris. I per què lliura només un únic missatge: el dibuix d'aquest punyal.

—¿Què ens deu voler dir? —va preguntar Tico.

—Que tot el misteri rau en el punyal... —assegurà l'avi.

—¿Com ho sap?... —va demanar Elisa.

—¿I com demostres tu que no, preciosa? —va replicar-li el iaio.

—Ella no pot endevinar-ho, però potser jo sí que puga aportar-hi més dades... —va confessar el senyor Cosme.

—¿Vosté?... —s'estranyà l'avi.

El senyor Cosme dubtà un moment.

—El meu avi va ser-ne el protagonista. Es trobava en alta mar, en companyia d'un germà seu. Tronava, llampegava. Va començar a ploure. Fortament. Després va parar aquella pluja. En queia una finíssima. Uns gotims que mullaven i no mullaven. Tot seguit, va aparéixer un arc iris blanc. És un fenomen raríssim. L'arc iris era quasi blanc. Amb un arc interior normal, de franges estretíssimes... M'he informat d'aquest fenomen. Esdevé quan les gotes en suspensió no ultrapassen els 0,1 mil·límetres. Doncs bé. Aquell fenomen va durar prou temps perquè el pirata desconegut, diguem-ho així, poguera arribar on es trobaven el meu avi i el seu germà. Aleshores, els va fer entrega d'un tros de pergamí amb un punyal dibuixat. I va tenir encara temps per a comunicar-los: «En aquest dibuix hi ha escrita la innocència de Jack Wilson. El foc us hi ajudarà. Recupereu el punyal de l'assassí. El trobareu si mireu la mar a deu graus nord». I va desaparéixer, juntament amb l'arc iris. Açò és tot, senyor Gaspar. No tinc ja cap secret per guardar. Sempre m'he preguntat què volia significar amb «el foc us hi ajudarà», i amb «si mireu deu graus al nord». Perquè el punyal que jo guardava ací era l'únic punyal que jo pensava que hi havia. El de l'assassí. El vaig recuperar després de llargues gestions amb el jutjat, a fi de poder-lo mostrar en el museu, juntament amb la medalla que duia Kole Shijaku. Resulta que el fantasma va assegurar que n'hi havia un altre, i que precisament aquell altre era el de l'autèntic assassí... Ara comprendrà per què m'he permés la llibertat de retenir el pergamí que el seu nét i els amics han trobat dins la botella d'aigua, com asseguren, i per què he estat tan cautelós d'amagar el punyal i la medalla... No és un secret que s'haja de fer conéixer a crits..., almenys mentre no l'acabem de desxifrar...

Es va fer un nou silenci. Estàvem impressionats.

VIII
El secret rau en el punyal

L'avi va respirar a fons.

—Senyor Cosme, he escoltat amb atenció la seua història. I crec que ens ha contat la veritat. Tot coincideix amb els rumors que corren pel poble... Ara, voldria saber: vosté assegura que guarda un altre pergamí amb el dibuix del punyal, el qual va ser lliurat al seu avi pel pirata...

—Sí, senyor...

—Doncs voldria veure'l, com també el punyal i la medalla.

—Ho tinc guardat tot a casa —va excusar-se el senyor Cosme.

—Doncs anem-hi. No cal que ho deixem per a més tard —va ordenar l'avi, tot alçant-se de la cadira.

—Com vosté diga, senyor Gaspar.

I vam dirigir-nos a cal senyor Cosme.

Quan vam arribar-hi, va fer-nos esperar a l'entrada. A mà dreta hi havia una habitació. En obrir-ne la porta, vam veure que era el dormitori. El senyor Cosme va penetrar-hi i va ajustar la porta. Vam sentir que obria, regirava i tancava calaixos. El vam sentir que es queixava, es maleïa. Finalment, va eixir-ne amb el punyal i la medalla, i el pergamí que ens havia sostret. Estava pàl·lid.

—Juraria per tots els sants, senyor Gaspar, que ahir encara tenia el pergamí que li he esmentat. ¡Per tots els dimonis, que no el trobe enlloc! ¿Com és possible? ¿És que el mateix fantasma del pirata ha vingut a sostraure-me'l?...

Va guaitar-nos i llavors, en els nostres ulls, se li va il·luminar el cervell.

—¿Potser vau encendre la foguera per distraure'm i furtar-me'l?... Ah, ja hi caic. ¡Sóc un ruc! ¡Que llestos heu sigut, sí, senyor!...

L'avi es va traure el pergamí de la butxaca.

—Ara sí que sé que ens conta la veritat, senyor Cosme. Efectivament, aquesta xicalla és més llesta del que pensem... Havien recuperat el pergamí, enginyosament, com ha vist, i n'havien tret les seues conclusions, perquè el pergamí no és el mateix que ells havien trobat... Vosté ha sigut per un moment el sospitós número u, senyor Cosme. Però ara, ja no. Ara cal que ens posem a treballar junts per tal d'esbrinar els punts que ens queden pendents. I en primer lloc, caldrà que comparem els dos dibuixos, per veure si són iguals. I el punyal amb els dibuixos...

El senyor Cosme va comparar els dibuixos dels pergamins per damunt damunt.

—Són exactament iguals, senyor Gaspar... —s'avançà a afirmar.

L'avi va comparar ell mateix tots dos dibuixos. I nosaltres de reüll, també. Va mirar la classe de pergamí, la taca roja...

—¿I la taca? —va preguntar l'avi.

—Tinta... Res d'importància...

—És el mateix dibuix i no aconseguesc trobar cap diferència en els dos dibuixos... Ara, vegem el punyal...

L'avi comparava el dibuix i el punyal. Però tampoc no hi endevinava cap mínima diferència. Va ser Tico el qui s'hi va adonar.

—¿No veu, senyor Gaspar, que la perla del mig del punyal, d'aquestes set, és un poc més gran?...

L'avi Gaspar i el senyor Cosme van fixar-s'hi. No aplegaven a donar importància al detall. Efectivament, la perla del mig del punyal era lleugerament més gran.

—Potser ha estat un detall sense importància... —digué el senyor Cosme.

L'avi va examinar amb més deteniment el punyal i el dibuix.

—Si s'hi fixa, senyor Cosme, el dibuix reprodueix tan fidelment el punyal i cadascun dels detalls que fins i tot aquest tros de línia que falta, d'uns dos mil·límetres aproximadament, també falta en el dibuix. Vol dir que, per la mateixa raó, el dibuix hau-

ria d'haver-lo reproduït. ¿Per què no? ¿És que poden donar-se dos punyals tan exactament iguals que sols puguen diferir per la grandària d'una de les seues pedres?... És el que hem d'esbrinar. És, potser en aquest detall, on rau l'interés del fantasma en la descoberta de l'altre punyal. El del vertader assassí. Per tant, senyor Cosme, és hora de prendre en consideració les paraules que el fantasma del pirata va dir al seu avi. De manera que anem davant de la mar, situem-nos més o menys on era la casa del seu avi i mirem què hi ha deu graus al nord.

Vam alçar-nos i vam marxar cap a la platja.

L'antiga casa que havia pertangut als avantpassats del senyor Cosme havia estat venuda, uns vint anys enrere, com a solar. Ara formava part de la renglera d'hotels i restaurants de la costa.

—Recorde que darrere de la casa vivien els Pla, emparentats amb els Pasqual —explicà el senyor Cosme, mentre hi féiem via.

—No m'ha d'explicar on parava la casa del seu avi. Encara que hagueren capgirat tot el poble i la costa cap per avall, trobaria el punt exacte de la casa —va protestar l'avi.

I així va ser. L'avi va situar-se davant mateix de l'entrada de l'Hotel Orange. Va mirar el mar i va dir:

—¡Ja m'ho pensava! L'única cosa que tenim davant a deu graus nord és l'Illa Cranca. Sí, és possible que ella ens revele el secret que busquem. Demà a primera hora la visitarem. ¿Què li sembla, senyor Cosme?

—Magnífic, senyor Gaspar... Bé, sí, senyor... El que vosté diga...

—Ja manaré jo que ens proporcionen les eines necessàries, per si ens cal excavar-hi la terra, o picar... És cosa meua; no se n'ha de preocupar, vosté —va dirigir-se al director del museu—. Vosaltres, xicots, dueu-vos un saquet amb la berena. Potser ens toque dinar-hi i tot...

Vam sentir emoció i alegria. No era per a menys. No solament hi havia l'excursió a l'Illa Cranca, en una llanxa, on la majoria dels meus amics no hi havien estat mai, sinó que seríem, possiblement, protagonistes d'una aventura i d'un descobriment excepcionals...

Quan a l'hora de sopar l'avi i jo vam comentar-ho als pares, van interessar-se vivament per allò que anàvem a fer.

—Anem a buscar-hi el... —vaig dir, innocentment.

Però l'avi em va tallar en sec.

—...el crani d'un home de Neandertal... és possible que n'hi trobem un. Diu que eren bons mariners...

—¿I per a què volem un crani de l'home del davantal? —va demanar ma mare, que havia sentit campanes i no sabia on.

—Per a guisar-lo a l'olla —contestà el iaio seriosament.

—Vosté està ben de broma —va respondre el pare, burleta—. Potser puga haver-hi un crani de Neandertal, com una butlleta de sis encerts de la loteria primitiva... En fi, si és un secret i no ens el voleu dir, és cosa vostra. Compte, i ja ens direu com us ha anat. Però, si de cas no hi trobeu el que busqueu, uns quants crancs, sempre podreu pescar-n'hi... I aquests sí que estan ben bons fregits a la paella...

Vaig anar-me'n a dormir prompte. Vaig passar quasi tota la nit desvetlat. Vaig imaginar el viatge a l'Illa Cranca més de cent vegades. Amb mar bonanceta, amb mar encrespada, i vam naufragar una de tantes vegades, astorats per l'aparició del pirata. Vam excavar en terra i en comptes d'un punyal vam trobar-hi un esquelet sencer. Vam imaginar que era el de l'espectre. Després vam trobar-hi el punyal, i tenia la pedra preciosa del mig... Bé, no crec que totes les imaginacions que van passar-me pel cap aquella nit us puguen interessar massa...

IX
El secret de l'Illa Cranca

Tothom era davant la llotja dels pescadors, a les vuit en punt, tret de Maria. L'esperàrem deu minuts i, com no acudí i l'avi es desesperava, vam eixir a la mar en la llanxa del pare. L'avi, com havia assegurat la vespra, va proveir-se de totes les eines que calia. Ens acompanyava, a més del Ximo, que conduïa la llanxa, un vell mariner, el senyor Julià, que coneixia l'illa i els rocams que l'envoltaven. El vent era fresc. El sol era d'agrair, estés sobre la mar, abrillantant-la. El Barto parava amb la mà els esguits d'aigua. El vell mariner, eixut com un polp assecat al sol, esguardava com ens anàvem acostant a l'illa. Jo m'admirava de la salut de l'avi, als seus anys. No se li notava cap símptoma de mareig ni de cansament. En veure'ls, a ell i al mariner, vaig pensar que estaven fets de manera diferent a la nostra. I amb tots aquests pensaments, vam arribar a l'Illa Cranca.

—Tomba a l'esquerra i dirigeix-te cap aquell penyal que s'alça allà —va indicar el mariner al pilot—. A l'esquerra, hi podrem amarrar.

Així ho féu el Ximo. L'Illa Cranca era un rocam

negrellut, cobert d'algues en els seus enfonys. Els embats marins, constants sobre l'illa, havien arredonit les seues arestes cantelludes.

—¡Compte no rellisqueu! —ens advertí el senyor Julià—. Els peus, ben segurs. Agafeu-vos dels petits sortints. Dirigiu-vos cap allà dalt —va assenyalar-nos una roca cúbica.

La part de dalt de l'illa era un poc plana. La mar, a l'altra banda, s'obria immensa, infinita, i els seus embats ens esguitaven suaument, perquè havíem trobat una mar encalmada i bonanceta.

Vam penetrar en la cova de l'illa per una obertura que hi havia en la part lateral, que mirava a migjorn. Era la part més plana i més baixa de l'illa. Per l'obertura, entrava una claror llangorosa. De manera que, en penetrar-hi, ens quedàvem a les fosques. Els ulls s'hi havien d'acostumar a la penombra. A poc a poc, vam anar entreveient la forma del recinte. Fins que l'avi va encendre una llàntia. La cova va il·luminar-se més intensament i els seus colors petris, la humitat de les roques, van ressaltar plens de clars-obscurs. La cova feia uns vuit metres de llargària, per tres o tres i mig d'amplària. Pel sostre, en forma de volta, regalimava l'aigua filtrada de la mar. Al fons, cap a la dreta, per un badall, pujava la sorda remor de l'aigua del mar. Vam abocar-nos-hi. L'aigua, tacada de llum pàl·lida, s'hi bellugava feixugament.

—¡Som-hi! ¡Mans a la feina! —va exclamar l'avi.

—¿Per on la comencem? —va preguntar el senyor Cosme.

L'avi va escodrinyar cada amagatall de la cova.

—No hi veig cap amagatall on puga haver-hi el punyal. Bé, allà sembla possible, i allà —assenyalà el senyor Cosme sengles enfonyalls de la cova. L'un a un metre i l'altre a uns dos metres d'alçada, a l'esquerra del badall.

Abans que els altres amics no haguérem reaccionat, Xavier s'hi va enfilar amb rapidesa. Va mirar a dins del primer enfonyall i va ficar-hi la mà.

—No res, terra dura —va dir—. Quasi no la puc ni gratar.

Després va escodrinyar l'altre enfonyall.

—Tot és roca. Pedra viva.

—Doncs comencem a cavar en terra —va dir l'avi.

L'avi va distribuir dos pics mitjans. El Tomàs i el Pere van ser els primers a decidir-se. Van començar a excavar per un extrem. Elisa i Agnés van agafar dos cabassos i jo una pala. Així, anàvem excavant a dos pams de profunditat i n'apartàvem la terra en un munt a banda. Quan ja dúiem metre i mig de llargària excavat, vam parar per a esmorzar. Ens havíem anat rellevant i teníem gana. Vam prosseguir amb recel. Mig metre més enllà vam trobar un tros de terra més tova. Vam cavar amb compte. Xavier va extraure'n, finalment, un crani. Era de gos. Vam sentir un xic de desil·lusió, primerament, però després vam riure davant la cara d'ois que havia posat Xavier.

—Si arriba a tenir carn, encara te l'hauries menjat —havia bromejat el Barto.

—No ho hauria fet per respecte als teus avantpassats —va contestar-li ell.

A mesura que arribàvem al final, havent dinat, cavàvem amb menys ganes. A mitjan vesprada, no quedava un pam de terra per somoure. I res, ens vam quedar perplexos. L'avi i el senyor Cosme tenien la moral als peus.

—No hi ha res més, ¿deu graus al nord? —es preguntava l'avi, coneixent la resposta.

—¡És clar que no! —contestava el senyor Cosme—. De tota manera —afegí—, hem capgirat l'interior de la cova, convençuts que el punyal es trobava ací dins. ¡Però no hem buscat per l'exterior!

—¡És cert! —va corroborar el vell mariner—. Però dubte que a fora hi haja cap lloc on algú puga amagar res...

—¡No importa! —va exclamar l'avi, més que res per no deixar cap via que poguera conduir a la troballa del punyal.

Vam eixir fora de la cova. La claror del dia ens va enlluernar. La mar estava un poc més picada. Vam regirar cada pam de la superfície exterior de l'illa. Vam furgar en cada amagatall on véiem amagar-s'hi un cranc. I res.

L'avi i el senyor Cosme van donar-se per vençuts. Vam replegar totes les eines, vam pujar a la llanxa i Ximo va engegar-ne el motor.

El poble tornava a veure's retallat sobre la costa. En primer pla, la zona turística. Darrere, les cases que en sobreeixien, en la part alta. Quan dúiem uns cent metres de navegació, l'avi va pegar-se una palmada al front.

—¡Seré imbècil! ¡Vira, Ximo, vira i tornem a l'illa! —va ordenar-li.

—¿Que s'hi ha deixat alguna cosa, senyor Gaspar? —va preguntar-li el senyor Cosme.

—¡I tant que sí! ¡Hem estat uns estúpids! Potser l'hem tingut a les mans i no l'hem sabut agafar.

—¿El què? —tornà a preguntar el senyor Cosme.

—¡Ara ho sabrà!

I no va dir res més fins que no arribàrem a l'illa i penetràrem dins la cova.

—Tu —va assenyalar a Xavier—, ¿no havies dit que el primer enfonyall era de terra dura? ¡Hala! Enfila-t'hi i trau-ne tota la que pugues!

—¡Però és molt dura! —protestà Xavier.

—¿Dura? ¡És clar! ¡Ací rau la qüestió! ¡Amb tant de temps i amb tanta humitat com hi ha dins la cova, la terra s'ha hagut d'aterrossar! ¡Agafa aquest punxó i furga! —va manar-li, mentre li donava el punxó.

Ens vam quedar astorats. Però un xic d'esperança va tornar als nostres cors. Xavier va traure de l'enfonyall un grapat de terra i un altre, i un altre. Havia de gratar-ne el fons amb el punxó a fi de poder traure cada grapat. Finalment, va dir:

—Hi entropesse amb una cosa dura. No puc continuar excavant més...

—Veges tu, Ximo —va manar l'avi.

El pilot va enfilar-se mig metre per a poder ficar-hi el braç amb més comoditat. Va continuar gratant.

—Sí, és un objecte dur..., una pedra, potser... Vegem... Pels costats es nota terra, encara... ¡Si tinguérem una escarpra!... En la llanxa en tinc una que ens servirà...

Pensat i fet. La camisa no ens tocava el cos, plens d'emoció. L'avi romania expectant, però en el seu rostre s'endevinava una mica d'esperança.

El Ximo va tornar de la llanxa duent l'escarpra. El treball va ser laboriós. Però, finalment, aconseguí arrancar aquell objecte de dins el seu cau.

—¡El punyal! —vam exclamar tots alhora.

Crits d'alegria, de victòria, d'emoció, llàgrimes en alguns ulls.

L'avi va alçar-se. El senyor Cosme se li acostà i acompanyà el Ximo amb una emoció que l'impel·lia a tocar el punyal.

—¡Mire-se'l, senyor Gaspar, mire-se'l! —cridava—. ¡Teníem raó! ¡I pensar que per poc fracassem, tan a les mans com l'havíem tingut!

Quan l'avi es va mirar el punyal, després de

torcar-li per damunt damunt la terra que duia incrustada, vam romandre en profund silenci. L'avi va examinar les pedres precioses de l'empunyadura.

—Mire-s'ho, senyor Cosme... ¡Totes les pedres del punyal són exactament iguals!...

—Sí, senyor... Açò confirma les nostres hipòtesis...

—Evidentment. Aquesta troballa ens dóna peu a pensar que tenim raó en les nostres sospites. Un dels dos punyals era el de l'assassí. Però, ¿qui era l'assassí? No sé..., però tinc un cuquet dins meu...

—¿Què vol dir? —preguntà el senyor Cosme.

—¿Per què van amagar aquest punyal?

—Perquè no fóra descobert... —va respondre Elisa.

—¡Evidentment! ¿I per què algú pretén amagar alguna cosa? ¡Per a no ser inculpat! Ara coneixem amb certesa l'existència dels dos punyals... quasi idèntics. I que aquest és el punyal de l'assassí. Però, ¿qui va ser? Si suposem que Jack Wilson és innocent, l'assassí va ser un dels dos fugitius. Per tant, només cal que esbrinem els seus noms i a qui dels dos pertanyia el punyal. Tot seguit sabrem qui és el pirata, el fantasma del qual se'ns apareix i per què...

El senyor Cosme va quedar-se astorat.

—Amic, m'ha dit que va haver de fer gestions davant el jutjat per tal de recuperar el punyal, i també la medalla que duia penjada al coll *l'Albanés*.

—Sí... —va respondre el senyor Cosme.

—Doncs ara les haurà de fer perquè li deixen consultar els papers sobre el juí sumari que es va fer contra Jack Wilson... Vosté mateix... Haurem de saber què va passar dins la cambra de Teresa.

El senyor Cosme va obrir més els ulls.

—Serà una faena àrdua i laboriosa, senyor Gaspar, la que m'encomana... En fi, començaré demà mateix... —va dir.

El camí de retorn va ser triomfal.

X
Una visita a l'Hemeroteca

Quan el pare va arribar a casa i va seure a taula per sopar, vaig notar que l'avi estava neguitós. Mirava el pare com esperant que li preguntara com ens havia anat. I el pare, naturalment, li ho va preguntar.

—¿Què fa? ¿Heu trobat el crani que heu anat a buscar a l'illa?

—No... —vaig contestar.

Però l'avi em va deixar amb cara de mona.

—No, no era cap crani, el que hi hem anat a buscar... —va dir amb to interessant.

—¿I, doncs? —va preguntar el pare simulant que s'estranyava.

—¿Recordes la llegenda que corre pel poble sobre l'aparició del fantasma pirata?

—Sí... Alguna cosa s'ha comentat a casa... —va contestar el pare, tot arrufant les celles.

—És una història llarga que mai no t'he contat..., a tu. Però que el teu fill coneix fil per randa... Doncs avui, puc assegurar-vos —va dir, dirigint-se a tota la família— que tota aquesta història és real... Avui hem descobert la prova que ens calia... Avui...

—¿Avui, què? —va dir la mare, desesperada.

—¡Que hem trobat el punyal!

—¿Quin punyal? —va preguntar el pare.

Aleshores, l'avi va començar a contar la història des del principi, de cap a peus. El pare i la mare van escoltar tota la història sense pestanyejar. El pare va perdre el seu posat burleta.

—¡Sí que ho dúieu ben amagat! —va dir finalment.

—Ens queden tres punts a resoldre, encara —va concloure l'avi:— quina raó hi ha perquè aquest fantasma solament aparega amb l'arc iris, què significa que «el foc us hi ajudarà», i per quina raó el punyal dibuixat al pergamí no es deixa fotocopiar...

—Serà cosa de fantasmes, això... —va excusar la mare.

—Cosa de fantasmes o no —digué el pare—, és ben rar, però deu tenir alguna explicació... Però hauríem de començar pel principi... —va aconsellar.

—¿Què vols dir? —preguntà l'avi.

—Dieu que el pirata va ser executat a garrot vil l'estiu del 1831...

—Sí...

—Doncs, ¿per què no consultem en alguna hemeroteca què va passar? Potser hi trobarem alguna explicació...

—¿Vols dir que en aquell temps hi havia publicacions, ja? —va dubtar l'avi.

—¿Què costa d'informar-se?

—¡No al poble!...

—No, és clar. Podem anar a ciutat...

Va fer-se un silenci llarg. L'avi meditava les paraules del pare. Va beure's d'un glop el vi negre que quedava al got.

—Ho consultaré amb el senyor Cosme —va dir.

De nou vam quedar-nos tots pensant. Estàvem intrigats.

—Si em deixeu el pergamí —va trencar el pare el silenci—, demanaré que l'analitzen. Sabrem si realment respon al seu temps i per quina raó no es deixa fotocopiar.

—M'agradaria saber-ne la raó... —concedí l'avi.

De manera que vam posar-nos mans a la feina. L'avi va consultar amb el senyor Cosme les propostes que el pare havia fet a l'avi.

—Em sembla ben encertat —va dir—. Potser no arribem a trobar res, però no costa de provar... Encara que sobre aquests anys dubte que hi haja cap paper per a consultar. Podem mirar-ho a l'Enciclopèdia... Ara bé, sobre la proposta que s'analitzen els pergamins..., si bé no n'estic en contra, sí que voldria algunes garanties.

—Diga —va demanar-li l'avi.

—No vull que es malmeta ni un mil·límetre quadrat d'aquest pergamí, ni que es retoque gens ni mica el dibuix —va exigir.

L'avi va prometre-li que es respectarien les seues condicions.

—Ara mirem l'Enciclopèdia.

El senyor Cosme ens va portar a la seua biblioteca. Era una antiga habitació que havia estat habilitada per a emmagatzemar-hi tots els llibres que ell havia anat adquirint. En tenia uns quants centenars. Alguns més vells que la pols, perquè de pols, en tenien un dit.

—¡Vegem! —va dir agafant un gros volum—. Buscarem la paraula *diari*.

Va girar fulls i més fulls fins a topar amb la paraula que buscava.

—Ací tenim *Diari de Buja*, *Diari de Catalunya*, *Diari de Granollers*..., *Diari Mercantil*... *Diario de Palma*..., *¡Diario de Valencia!* I un altre *Diario de Valencia*... Vegem si cap d'aquests ens pot servir... El primer diu: «Diari en castellà publicat a València entre juliol de 1790 i el maig de 1835. Fou fundat per Joseph de La Croix, baró de la Bruère...», etcètera, etcètera... Aquest ens serveix ni que pintat a l'oli. Vegem aquest altre. «Diari en castellà fundat el 1875...», ¡fora! I un altre... entre el març de 1911 i..., ¡fora! tampoc no ens serveix... De manera que solament en tenim un que puga recollir alguna dada sobre el cas que ens ocupa... —va dir el senyor Cosme.

—Demà marxarem a la capital, Miquel —va dir-me l'avi—. Tu m'acompanyaràs. Estic que em fonc per saber alguna cosa sobre el cas...

—Jo ja he començat a fer les meues gestions també, senyor Gaspar... He telefonat al jutge i m'espera despús-demà... Diu que em facilitarà el treball...

—Qui havia de dir que aquest fantasma ens embolicaria d'aquesta manera —va riure l'avi.

No vaig poder-me estar de córrer per contarlos-ho als meus amics. Tico i Xavier van ser els qui amb més ganes van quedar-se de poder-me acompanyar.

—Només sàpies alguna cosa, ens telefones —va cridar Tico.

—¡Si tu no tens telèfon! —va reprotxar-li Maria.

—¡Que em telefone a mi! —va dir Elisa.

Vaig quedar que, si podia, els avisaria per telèfon, però també es tarda poc a arribar de ciutat.

Vam alçar-nos matí, l'avi i jo, i en el cotxe de línia vam arribar a ciutat. Vam dirigir-nos a l'Hemeroteca. Quan vam demanar la consulta que volíem fer, l'encarregada va arrufar el nas.

—¿El *Diario de Valencia* de l'estiu del 1831? —va preguntar-nos com no acabant-s'ho de creure.

—Sí, senyoreta.

Va consultar el seu ordinador. En la pantalla no va tardar a eixir una referència al *Diario de Valencia* que buscàvem.

—Està incomplet, ¿saben?

—¡Vaja! De tota manera, potser tinguem sort. Només que estiguen els números de l'estiu...

—Facen el favor d'acompanyar-me...

La vam acompanyar i ens va fer seure en una taula.

—Ara els el trauré.

A la sala, hi havia uns quants homes i uns joves que no apartaven els ulls dels papers que consultaven. A penes si se sentia el girar dels fulls, de tant de silenci com hi havia. Al cap d'una estona l'encarregada va deixar-nos sobre la taula dos volums de diari. Semblaven arnats. Feien olor de pols i de paper florit.

—Ja veuen en quin estat es troben —va advertir-nos—. Per tant, els demane que vagen amb compte. ¿Té anys, no?

—Més que jo, que ja veu si en tinc —bromejà l'avi.

Però teníem pressa de posar-nos a la feina. De manera que vam obrir el primer volum. La capçalera del diari deia: «Domingo, 1 de junio de 1831».

—Primerament farem una lectura per damunt damunt, Miquel... No podem llegir-ho tot...

—El que busquem, avi —vaig advertir-li—, deu estar en les notícies locals... En els successos, potser...

—Sí, ja deus tenir raó... Doncs, ¡vinga, a mirar-ho bé!

I vam començar a passar fulls. Llegíem el titular i, si créiem que podia haver-hi alguna referència, ho llegíem tot. Vam mirar el de juny, i res. El de juliol, i tampoc. Però vam arribar al mes d'agost. Durant els primers dies, seguíem amb la mateixa desesperança. Però el dia 17, a dues columnes, explicava la forta tronada que hi havia hagut la vespra per la costa, just el nostre tros de costa, i que havia estat seguida d'un ruixat com no recordaven des de feia anys, que va negar totes les terres baixes i va malmetre la collita de raïm.

—Potser aquest fenomen té a veure alguna cosa amb l'aparició del fantasma al peu de l'arc iris... sempre que Jack Wilson haguera estat executat aquell dia... Però per més que busque en aquest mateix dia, no diu ni paraula de la mort del pirata...

Va tornar a mirar tot el diari, i el diari de l'endemà, i els de tot el mes d'agost... No hi havia cap referència a l'execució de Jack Wilson...

—No podem dir que hàgem fet el viatge debades, Miquel... I més si establim una relació entre l'oratge i el dia que va morir el pirata... Quan el senyor Cosme haja fet les seues investigacions, ho sabrem amb seguretat.

I amb aquesta esperança, vam retornar a casa.

Quan vam consultar-ho amb el pare, va dir:

—Si jo haguera volgut ajudar algú, amb aquell oratge, també m'ho hauria pensat...

XI
La investigació del senyor Cosme

Quan vaig trobar-me amb Elisa i Agnés, i els vaig contar la poca fortuna que havíem tingut, es van quedar despagades.

—És estrany que no apareguera la notícia de l'execució, encara que fóra d'escarment... —va murmurar Agnés.

—¿Què sabem, si amb la tempesta va ser impossible...? —va apuntar Elisa—. Penseu que en aquells temps no hi havia ni telègraf, i si tot era negat d'aigua... I una vegada la notícia es fa vella, ja no serveix per a res...

Vam quedar-nos mirant.

—Per la mateixa raó, tampoc no es devien haver assabentat de la tempesta... —va replicar Elisa.

—Si va caure per tota la comarca, és més fàcil d'assabentar-se'n...

Però com que no teníem cap prova de res, aquella discussió va convertir-se en un diàleg de besucs. De tota manera, tot contribuïa a posar-nos desficiosos, perquè eren més els problemes que sorgien respecte al cas misteriós, que no els que resolíem.

Aquells dies, mentre el senyor Cosme era al Jutjat de Districte esbrinant els dubtes que envoltaven els fets d'aquella llunyana nit, nosaltres vam tornar a la platja tot aparentant que fèiem una vida normal. Però dins del nostre cap no teníem més que un pensament. Tanmateix semblava que ens havíem posat d'acord de no parlar-ne. Tàcitament esperàvem les conclusions del director del museu.

I les seues conclusions van tardar una setmana a estar clares.

El senyor Cosme va presentar-se a casa a l'hora de prendre cafè. Duia una carpeta amb els apunts que havia pres. Estava satisfet, però no completament. I així ho va manifestar:

—Hem resolt molts punts, però no tots... —va dir, mentre obria la carpeta.

El pare va beure un glop de conyac.

—Sí el juí va ser sumaríssim, hi mancarà més d'un detall —va comentar.

—Sí, va ser sumaríssim, però no per això curt... Vull dir que he hagut de rellegir molts fulls... Tots en un estat lamentable, tant el paper com la tinta... Paraules, i frases senceres, que he hagut de mirar-m'hi amb lupa, de tan esborrades i arnades com eren... Però he d'agrair al meu amic el jutge la col·laboració que m'ha prestat... En fi...

—Que s'ha guanyat vosté el treball que ha fet... —va afalagar-lo l'avi.

El senyor Cosme va inflar-se un poc, orgullós del seu treball.

—¿I, què...? —va preguntar el pare.

—Pel que he esbrinat, de les declaracions de Jack Wilson, els fets van passar a la taverna La Gavina Negra, com ja coneixem. Però presentaré primerament els personatges. Jack Wilson era un jove de 25 anys, natural de Southampton, Gran Bretanya. Igual que James Wright, un home de 52 anys, natural de Glasgow. Tots dos, pel que després explicaré, tenien motius per a estar enfrontats. Així es comprendria per què Jack Wilson va secundar *l'Albanés*, tot anant a l'habitació de Teresa per defensar-la. D'altra banda, tenim el ja conegut Kole Shijaku, el de la medalla d'or, natural de la capital albana, Tirana. I, doncs, la raó del seu malnom: *l'Albanés*. Era un jove eixerit, segons les declaracions de Jack Wilson, de 22 anys. De caràcter vehement i engrescador. Però no suportava els manifassers..., i més si eren... d'edat. I, finalment, tenim Georgos Theokopoulos, un grec, natural de Tríkala, de 28 anys.

—Un bon còctel... Cadascú fill d'un pare... Vull dir —va explicar el meu pare—, que tenim dos britànics, que estaven enfrontats, un albanés i un grec... Només units per la pirateria, i que, per tant, l'única llei que imperava era la del més fort... ¡La del més ràpid!

—Sí... Així va ser com degueren passar els fets dins

l'habitació de Teresa. Segons declara Jack Wilson, quan van entrar en la cambra de Teresa, van trobar-se completament a fosques. La cambra de Teresa estava il·luminada per una tènue claror procedent de l'exterior. O siga, la que podien aportar la lluna i les estrelles. I si pensem que les finestres, en aquella època, eren menudes... Doncs és justificable que aquest Jack Wilson afirme que no va veure absolutament res... Els fets van passar rapidíssims. *L'Albanés*, atret pels crits de Teresa, va llançar-se sobre l'home que la devia estar forçant: James Wright, segons confessà Jack Wilson. James Wright degué propinar a *l'Albanés* les dues coltellades que presentava en el seu cos. L'una al ventre i l'altra al pit. Mortals de necessitat. Als crits de Teresa, va acudir son pare, el senyor Francesc Montoliu. Va agafar el trabuc i va intentar penetrar en l'habitació. Però un punyal el va deturar i el matà en l'acte... El seu tret, possiblement reflex, va ferir Jack Wilson..., que no va poder fugir-ne...

—¿Com s'explica, doncs, que el pirata que va llançar el punyal, sabera on feia diana...? —va preguntar l'avi.

—Tant James Wright com Georgos Theokopoulos havien arribat un poc abans i, per tant, s'havien acostumat a la foscor... Heus-ne ací la raó... —va contestar el senyor Cosme.

—Sí... ¿I Teresa? ¿Què va veure, ella? —demanà el pare.

—Teresa, en l'estat que es trobava, afirma que no va poder veure res... No recorda res... Vull dir cap detall que contribuïra a decantar la balança a favor o en contra de Jack Wilson... A la taverna, va confessar ella al juí, només *l'Albanés* va eixir en la seua defensa... Per tant, ella ignorava si Jack Wilson havia entrat amb *l'Albanés* o amb James Wright...

—¿I bé, i el punyal? —va preguntar l'avi.

—Efectivament, tota la prova que el jurat va tenir per condemnar Jack Wilson va ser el punyal... El seu punyal va ser el que es va trobar clavat al pit del senyor Francesc Montoliu. Jack Wilson, en l'interrogatori, va afirmar que aquell era el seu punyal, però que ell era innocent.

—¿Com s'explica?

—L'única explicació rau que un dels dos pirates que van entrar davant, més acostumats a la foscor, li'l va prendre i el va llançar contra el taverner...

Aleshores, el senyor Cosme comença a llegir: «¿Reconeix vosté aquest punyal com a seu?», va preguntar el fiscal. «Sí, senyor», va respondre Jack Wilson. «¿I com s'explica que apareguera clavat al pit del senyor Francesc Montoliu?», torna a preguntar el fiscal. «Algú me'l va prendre», respon ell. «¿I no és aquest mateix punyal del qui ha assassinat, el que vosté anomena Kole Shijaku, conegut, segons vosté mateix, per *l'Albanés*?», pregunta el fiscal. «No, senyor. James Wright tenia un punyal exactament igual al meu... Bé, quasi igual», respon Jack Wilson. «¿Què vol dir?», pregunta el fiscal. «Que James Wright era un enamorat dels punyals. Se'n va fer dos, construïts i treballats per ell mateix. Va aconseguir replegar tretze robins, tots de la mateixa grandària. I un una mica més gros. Va incrustar set robins iguals en el primer punyal. Tot seguit, va incrustar els altres sis robins iguals en el segon punyal i, enmig d'aquests, el més gros. Poden vostés comprovar-ho en el punyal que tenen davant seu...», va confessar. «¿I com explica que aquest punyal, si era de James Wright, tinga les seues mateixes inicials i que vosté reconega que és seu?», demanà el fiscal. «James Wright i jo tenim les mateixes inicials, com vosté ha pogut advertir. La raó per què és al meu poder, és la següent. Ell i jo manteníem fortes diferències, raó d'enveges, des que vam desembarcar una nit a Càndia, a l'illa de Creta, i jo vaig endur-me una jove que ell pretenia. Va desafiar-me un dia que no li tornaria a prendre cap més altra dona. Vaig acceptar el seu repte. Al cap d'un mes, vam fer un ràpid desembarcament a Sûsah, a la costa tunisiana. Va escollir una jove, morena i bella. Vaig tenir temps de conquistar-me-la. Va perdre l'aposta. Em va demanar què volia. Vaig dir-li que un dels dos punyals que s'havia adornat amb robins. Va saber-li greu. Se'ls estimava. Finalment, home d'honor com era, va lliurar-me el que vostés tenen al davant. El que tenia el robí del mig més gros...», va contar. Però el tribunal no s'ho va creure. «¿Vol fer-nos creure una història tan estúpida?», va escridassar-li el jutge. I aquell mateix vespre, el van...

—¿Quin dia era? —va preguntar l'avi.

—El dia 16 d'agost, senyor Gaspar.

L'avi, embegut per la història, com també el pare i jo, havia oblidat de preguntar pel dia del juí, i, doncs, de l'execució.

—¡El dia de la forta tempesta! —vam cridar.

—¡Efectivament! —corroborà el senyor Cosme—. Era la sorpresa que els tenia guardada. En un moment de la sessió, el jutge demana si suspén el juí a causa de l'aiguat que queia. El fiscal s'hi va oposar. Passada la tempesta, van parar el cadafal, cap al vespre, i van executar Jack Wilson. ¿Però què té a veure aquesta tempesta amb l'aparició del fantasma als peus de l'arc iris?

—La raó deu estar vinculada —explicà el pare—, amb el fet de qui va llançar el punyal de Jack Wilson contra el senyor Francesc Montoliu.

—¿Què vol dir? —va preguntar el senyor Cosme.

—Si Jack Wilson, com va confessar, és innocent de la mort del taverner, o bé James Wright, o bé Georgos Theokopoulos en són els assassins. Fem càbales. James Wright, en refer-se contra *l'Albanés*, li llança el seu punyal i li'l deixa clavat. No té punyal per a defensar-se contra l'intrús, és a dir, contra el senyor Francesc Montoliu. Llavors, acostumat a la penombra, veu i agafa el de Jack Wilson i, veloç, el llança contra el pit del taverner. Ací tenim un possible assassí. Ara suposem que James Wright, després d'apunyalar *l'Albanés*, es queda amb el punyal. No tenia necessitat de prendre el de Jack Wilson. Per tant, l'assassí seria Georgos Theokopoulos... Que també hauria agafat el punyal a Jack Wilson. De manera que estem com al principi, sense saber res en clar —va acabar el pare, arrufant les celles.

—No del tot —va intervenir l'avi—. Fem una nova suposició. Imagincm quc cl fantasma que se'ns apareix és el de James Wright. ¿Què voldria donar a entendre amb el missatge del punyal? Que ell era l'assassí. Llavors pretendria restituir el bon nom a Jack Wilson. Però si fóra el de Georgos Theokopoulos, ¿què significaria? O que Jack Wilson va mentir i és l'assassí, o que James Wright va cometre l'assassinat i va amagar el seu punyal per no dur damunt cap prova... Jo em decante per aquesta darrera hipòtesi per dues raons: James Wright i Georgos Theokopoulos, que ignoraven si Jack Wilson havia estat mort o no, van fugir i no van tornar a la goleta. Si James Wright estava condemnat a vagar durant un temps per terra, era natural que es desprenguera del punyal. I segona raó: que l'execució de Jack Wilson i el seu juí previ coincidiren amb la forta tempesta dóna base a pensar que el fantasma haguera escollit, o poguera només aparéixer, amb l'arc iris. ¿Per què?... Jo sóc supersticiós i crec en els misteris... De tota manera, només ell ens ho podrà confessar —va concloure l'avi, que, com sempre, ens va deixar sorpresos.

—Sí, té tota la raó... —va concedir el senyor Cosme.

—Així, estem prop i lluny de saber qui és l'assassí —va intervenir el pare—. Potser l'anàlisi dels pergamins acabarà donant-nos la llum definitiva...

—Si no hi ha més remei... —va acceptar el senyor Cosme. Va fer lliurament dels pergamins al meu pare.

—Ja sap com els ha de tractar —va insistir.

—No s'ha de preocupar. Els cuidaré com si foren de carn i ossos... —va tranquil·litzar-lo.

XII
La reaparició del fantasma

Els analistes no van confirmar altra cosa que els pergamins eren autèntics. No van saber explicar per quina raó els punyals es negaven a ser reproduïts. Van assegurar que probablement la tinta que usarien per a dibuixar-los contenia àcids, possiblement de magnesi.

L'avi es desesperà. I nosaltres, la colla d'amics, també, perquè érem a prop de descobrir el misteri, però no ho aconseguíem. El desfici s'apoderà més que mai de nosaltres.

—Aquests analistes no saben on tenen el nas —va protestar Tico.

—Hi ha una cosa encara enlaire —va dir Xavier.

—¿Quina? —va preguntar Agnés.

—La del foc.

—Sí, el meu avi no para de pensar-hi. Però no sap com esbrinar-ne el significat —vaig confessar-los.

—Bé, tampoc no és cosa de desesperar-se —va dir Maria—. Acabarem de passar l'estiu i veurem si aquest fantasma vol ajudar-nos una miqueta...

De mala gana, vam haver d'acceptar la suggerència de Maria. No teníem cap altra alternativa. De manera que vam refer la vida normal i rutinària. Vam tornar a la platja, de matí, i als vespres jugàvem pel poble. Tico continuava perdut per Maria i Barto tornava a sentir-se gos. Un matí va voler bromejar amb un *caniche* que una senyora alemanya de molta edat va dur a la platja, abillat de barret roig i amb unes ulleres de sol. El gos d'aigua va aguantar les provocacions de Barto, fins que es va cansar i se li va enganxar al nas, penjat de les seues dentoles. La dona alemanya no aconseguia desenganxar el falderet del nas de Barto, de tant com se'n reia, que el cos se li havia amollat com un flam. Un home gran, panxut i calb, amb una berruga grossa enmig de la calba, va ser qui va ajudar a despenjar l'animalet del nas de Barto... Tenia el nas roig, amb les dents del gos clavades. Barto va eixir fugint, avergonyit d'haver perdut davant d'un gosset, cames ajudeu-me...

Xavier va intentar fer aparéixer l'arc iris tot valent-se de la mànega d'aigua del seu jardí. I el va fer aparéixer, però el fantasma del pirata no s'hi va deixar veure...

Seguíem el temps en la tele. Un anticicló s'havia apoderat de la zona entre les Açores i Grècia, que no hi havia manera de fer-lo moure. El sol i una xafogor es repetien dia rere dia. Era el ple de l'estiu, assegurava l'avi. Esperàvem que passaren els dies. Potser una tronada intempestiva... Va tronar una

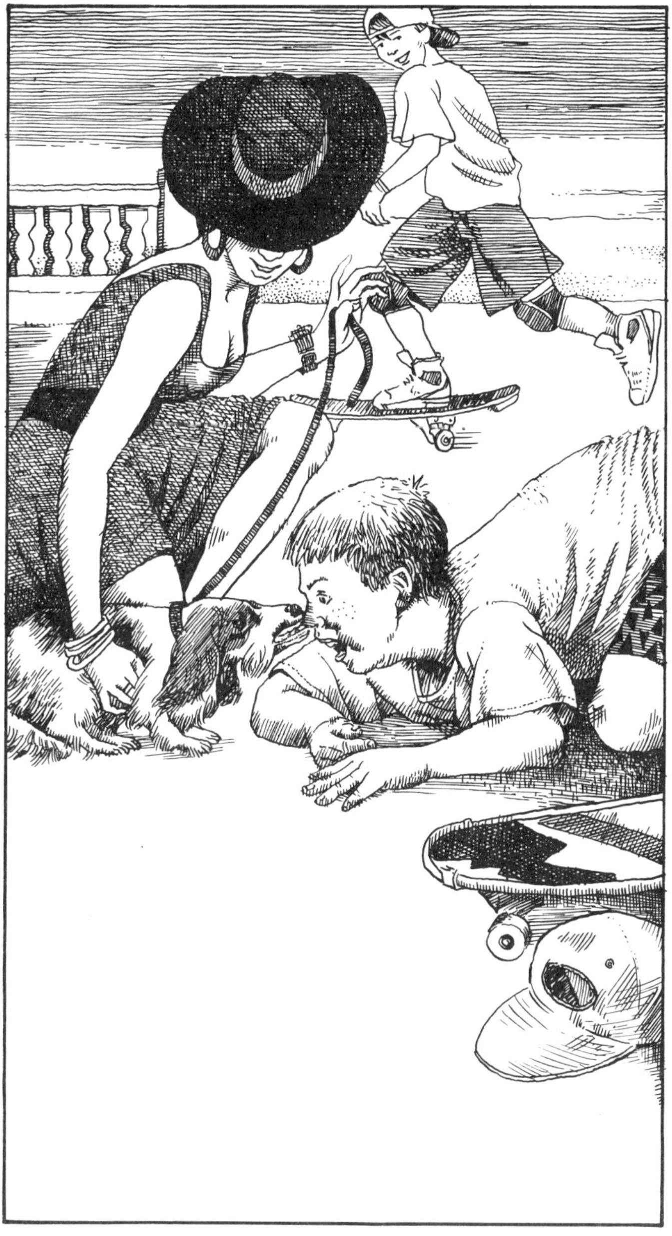

vesprada i un altre matí. Tots havíem acudit a vora mar, per si de cas véiem eixir l'arc iris i amb ell el pirata. Però no hi van aparéixer ni l'arc ni el pirata. Així fins que vam arribar a la segona quinzena d'agost, passada la Mare de Déu. Cap al vespre, van aparéixer en el cel, per ponent, uns nuvolets blancs, molt blancs. Després negres, molt negres. Vam córrer per comunicar-ho a l'avi. Ell se'ls va mirar.

—¡Aneu, aviseu el senyor Cosme! —va manar-nos—. Aquests núvols duran aigua.

Vam córrer a avisar el senyor Cosme. Es trobava al museu.

—¿Veniu per veure els punyals? —va preguntar-nos.

—No, senyor.

Vam donar-li l'encàrrec de l'avi. Va deixar-ho tot com estava, va tancar el museu i va córrer darrere nostre. En arribar on era l'avi, ja sentíem uns trons llunyans. El vent ens arribava fresc i humit.

—No hi ha dubte. Ens ve l'aigua —va confirmar el senyor Cosme—. ¿Que ens quedem ací?

—No, he pensat que podem arrecerar-nos en l'alqueria de Segarra. Hi serem vora la platja, lluny del personal. No té per què espiar-nos ningú, que molts estan esperant l'aigua com l'esperem nosaltres...

Vam eixir fora de la zona turística. L'alqueria de Segarra estava abandonada, vora la mar, sobre un tros de costa rocallosa que oferia un aixopluc. Vam quedar-nos-hi esperant la pluja. Els trons s'acostaven més i més, i la mar s'encrespava. Els núvols van cobrir tot el cel. La claror del matí va tornar-se foscor al vespre. Un tro sec va retronar damunt nostre. Van començar a caure unes gotes grosses. Cada volta hi havia més llamps i més trons, i la mar que se'n volia eixir, feia que els seus esguits arribaren a la porta de l'alqueria. Maria tremolava de por. I Xavier. De colp, vam sentir com si la terra s'obrira sota els nostres peus, un esclafit horrorós, a una cinquantena de metres de l'alqueria. I aquell tro en somogué els fonaments i en féu vibrar les parets, que vam témer per un moment que el sostre de teula mora ens caiguera damunt...

Per la finestra vam veure que, allà on havia caigut el llamp, s'hi cremava una olivera centenària. El llamp l'havia encertada de ple. Vam tremolar de por, insegurs del lloc on ens havíem aixoplugat. Agnés i Maria s'havien arraulit en un racó de l'alqueria i es protegien l'una a l'altra.

Mitja hora després, tot havia passat tan ràpidament com havia arribat. Es van fer clars al cel i la mar es va encalmar a poc a poc. Uns raigs solars van travessar l'espai fins a retrobar-se amb la superfície marina. I va ser aleshores quan vam quedar-nos de pedra.

Va aparéixer en el cel l'arc de sant Martí. Però no era l'arc de colors que havíem vist la primera vegada. Era l'arc blanc, talment com el que havia aparegut a l'avi del senyor Cosme. Dins seu, en una petita franja, es formava un arc amb els set colors, tan atapeïts, que semblava tot un color que es difuminava del roig al violat. ¡I als peus de l'arc va aparéixer el pirata! Ràpidament es va dirigir cap a nosaltres. L'avi, i darrere nosaltres, vam dirigir-nos cap a ell, tot penetrant en la mar. Quan vam estar a prop del pirata, ens va saludar:

—Déu us guard, amics. Jo sóc Georgos Theokopoulos. Conec tot el que heu treballat per esbrinar uns fets que, en part per culpa meua, no em deixaven reposar en pau. Sapieu que Jack Wilson era innocent i jo ho sabia. Vaig fugir amb James Wright, que va morir al cap d'uns anys, víctima del seu propi remordiment. Quan vaig saber que Jack Wilson estava sent jutjat per la justícia, vaig decidir de declarar a favor seu, ja que sabia on James Wright havia amagat el seu punyal. Per tant, vaig abandonar el meu company. Però de camí a la ciutat va sobrevenir una tempesta pitjor que aquesta que heu presenciat fa uns moments i la pluja era una cortina que cobria el cel. I també jo vaig sentir por, i em vaig arrecerar en una alqueria... Quan més tard, amb l'aparició de l'arc, vaig prosseguir el camí, ja era tard... El cadàver de Jack Wilson era sobre el cadafal bastit a la plaça, encara tebi... James Wright i jo vam vagar durant temps per aquesta comarca, subsistint miserablement, sempre

amagant-nos de la justícia. El meu company va fer-se a la mar. Jo vaig ser pres i vaig morir als tres mesos en la presó, enduent-me el secret i renegant de tot perdó de Déu i dels homes. El meu cos va ser llançat a la fossa comuna, sense cap prec per la meua ànima... Per això he estat condemnat a vagar per la terra, i només amb cada arc iris se m'ha permés de comunicar-me amb algú... Sapieu, doncs, que Jack Wilson va acudir en defensa de la jove tavernera, en companyia de Kole Shijaku, conegut per *l'Albanés*... Ara, a través del foc, trobareu escrits en els pergamins els noms de James Wright i de Jack Wilson...

Quasi no acabà de dir-ho. Amb un somriure va desaparéixer de la nostra vista, com l'arc blanc de sant Martí. Quan ens vam adonar, tots miràvem cap a la mar, sense veure ningú...

XIII

Dos noms escrits en els pergamins

¿Per què Georgos Theokopoulos insistí de nou que en el foc hi havia escrits els noms de James Wright i de Jack Wilson?... Ni l'avi ni el senyor Cosme s'aclarien a desxifrar-ho.

—És una llàstima —assegurava l'avi—. Amb aquests dibuixos i el punyal no podem fer res..., d'altra manera podríem fer alguna cosa... —va comentar.

—¿Què vol dir? —va preguntar el senyor Cosme.

—Home, que si poguérem demostrar amb proves clares que Jack Wilson era innocent, podríem demanar al jutjat que restituïra la fama i el bon nom al pirata, ¿no? Seria un acte de justícia, dic jo...

—És clar, no hi havia pensat —va contestar el senyor Cosme—. ¡Amb els anys que fa! ¡Tant s'hi val! Havia pensat jo.

—Doncs, no. ¡Mai no és tard per a restituir la fama a una persona! —va replicar-li l'avi, quasi enutjat—. Però el jutge es riuria de nosaltres, ara...

De manera que vam posar-nos a imaginar com ho faríem. Jo vaig parlar amb la colla d'amics, l'endemà a vora platja.

—¿Què creus que podríem fer? —va preguntar Maria.

—Consultar una enciclopèdia —va dir Agnés.

—Sí. Però una enciclopèdia té molts fulls, caldria un nom... —va dir Xavier.

—¿I si llegim literatura de misteri? —va dir Tico—. Solen eixir pergamins i paraules que ara es lligen i després, no... Hauríem de saber com es fa, això...

—Sí, podem també intantar-ho... —va dir Elisa.

Vam comprar-nos llibres de misteri. Cadascú dos i els que van deixar-nos altres amics.

Quan ens véiem a la platja o a la plaça Major, discutíem les troballes que féiem. Però no aconseguíem trobar cap explicació que poguera desxifrar «la raó del foc». Quan vaig llegir l'obra d'Edgar A. Poe, en la seua novel·la *L'escarabat d'or*, vaig entendre el misteri del foc. En efecte, en l'esmentada novel·la (us recomane que la llegiu, si no ho heu fet ja), es conta com en un pergamí apareix una calavera que abans no hi havia estat observada. L'única explicació raïa en el fet que el pergamí havia estat acostat involuntàriament a la calor del foc. I per efecte d'aquesta mateixa calor va fer-s'hi visible la calavera. Aquest fet era possible si la calavera hi havia estat pintada amb una preparació química, l'òxid de cobalt, que dissolt en essència de salnitre, dóna un color roig. Aquest color, amb el temps, acaba desapareixent a la vista, però «reapareix» de nou si s'exposa a la calor.

Vaig córrer cap a cal Tico, desitjós de fer-li-ho saber. Però vam trobar-nos al carrer, ell que venia també a buscar-me a mi.

—¡Ja ho he trobat! —vam cridar alhora.

—¿El què? —vam preguntar-nos mútuament.

—La «raó del foc» —vam respondre, tal com l'havíem qualificada.

Ens vam abraçar, de contents com estàvem.

—A *L'escarabat d'or*, deus haver-la trobada —vaig dir-li.

—¿Sí, i tu?

—Jo també.

Vam anar a buscar Agnés, Elisa, Xavier, Maria i Barto.

—¿I ara, què? —va preguntar Xavier.

—Ara, anem a buscar el meu avi i el senyor Cosme. El meu avi deu ser al casino.

Vam córrer per comunicar-ho a l'avi. Quan va sentir la nostra explicació, li van caure les fitxes de dòmino que tenia a les mans.

—Perdoneu —va dir als seus amics.

Va demanar al senyor Tomàs que continuara ell la partida i se'n va venir amb nosaltres.

Vam córrer a cal senyor Cosme, que ja havia exposat els dos trossos de pergamí al museu, en companyia dels punyals i de la medalla d'or, amb una llegenda on contava als visitants tota la història que ja coneixem. Quan vam contar-li que havíem trobat com, possiblement, anàvem a descobrir els noms de Jack Wilson i de James Wright en els pergamins, el senyor Cosme va encendre el seu encenedor. Va acostar la flama a la superfície dels pergamins, per davall del paper.

Inesperadament, l'avi va apagar l'encenedor.

—¿Què fa? —va estranyar-se el senyor Cosme.

—¡Que estem fent una bestiesa! —va contestar l'avi, vivament indignat amb ell mateix.

—¿Com és això? —va preguntar el director del museu.

—¿És que no preteníem restituir també la fama a Jack Wilson?

—Sí...

—¡Doncs necessitem totes les proves! ¡I aquesta més que cap altra! —va contestar.

Llavors va explicar de què es tractava. Si nosaltres teníem raó, o siga, que amb el foc apareixeria al pergamí el nom de tots dos pirates, calia que el jutge en persona s'ho veiera, a fi de tenir una prova evident per poder «revisar» el cas sobre Jack Wilson.

—Serà la millor prova —va acabar l'avi.

—Té raó, senyor Gaspar. Cometríem una ximpleria —va reconéixer el senyor Cosme.

De manera que vam haver d'esperar-nos un dia fins a saber si teníem raó o no. L'avi es va posar en contacte amb el jutge de districte. Va explicar-li el cas. A penes si va anomenar-li el fantasma, per si el jutge es pensava que l'avi estava boig. El jutge va citar-lo per a l'endemà, a les onze del matí. Amb el cotxe del senyor Cosme i el del meu pare, que es delia tant com nosaltres per saber com acabaria tot, vam fer cap al jutjat del districte. A les onze en punt, ens va rebre el senyor jutge. Un home jove, simpàtic.

—Pensarà que estem bojos, senyoria —va dir-li l'avi—. Però hauríem d'estar-ho tots els qui hem vingut a veure'l... I li jure que estem bé del cap...

El jutge coneixia l'avi i el meu pare. Va somriure, quan l'avi va dir-li allò. Llavors l'avi va contar-li, de manera resumida, la història. Quan va arribar a la prova dels pergamins, els va ensenyar al jutge.

—Els hem fet estudiar pels analistes que el meu fill té a la fàbrica. Són autèntics... Però és el conjunt de totes les proves el que és sorprenent... Per això, senyoria, hem volgut fer l'última prova davant seu. No sabem si eixirà res, però si ixen, al pergamí, els noms dels dos pirates, com ens prometé el fantasma de Georgos Theokopulos, desitjaríem que revisara el cas de Jack Wilson....

El jutge féu una cara inexpressiva. Potser pensava que estàvem bojos rematats. El pare va traure l'encenedor. Va agafar el primer pergamí, el del senyor Cosme, i va passar la flama lleugerament per davall del pergamí...

—¡Sí! —va cridar Xavier—. ¡Sí que ixen lletres!

—¡Sí! —vam cridar amb una emoció que ens premia la gola.

Efectivament. A poc a poc, van dibuixar-s'hi uns signes, unes lletres, a banda i banda del punyal. Quan ja van estar completament visibles, vam poder llegir al costat esquerre: «James Wright, murderer», i al dret «Jack Wilson, innocent».

Amb un complet silenci, el pare va fer el mateix amb el pergamí que havíem trobat nosaltres... I va repetir-s'hi la mateixa llegenda.

El jutge va quedar-se groc. Nosaltres ens el miràvem, per veure com reaccionava.

Va mirar els dibuixos dels pergamins, tots dos punyals...

—¿Diu vosté que tot açò coincideix amb les declaracions que va fer Jack Wilson durant el juí sumaríssim? —va preguntar.

—Vosté mateix el pot rellegir —va dir el senyor Cosme.

—Sí... Promet que em rellegiré el cas... Si tot és conforme al que vostés asseguren, hi ha les suficients proves per a revisar-ne el cas i restituir la fama a...

—¡A Jack Wilson! —vam cridar amb alegria.

—Sí, a Jack Wilson...

Quan vam arribar al poble no cabíem dins nostre d'alegria. Per fi, havíem arribat al final de l'aventura i havíem ajudat Georgos Theokopoulos a descansar en pau i restituiríem el bon nom a Jack Wilson.

JAMES WRIGHT
MURDERER
JACK WILSON,
INNOCENT.

—¿Què us pareix si un dia d'aquests tornem a l'Illa Cranca..., a pescar crancs? —va dir el pare—. ¡Us invite!

Vam xisclar d'alegria.

L'endemà no ens trobàvem, sense l'emoció d'investigar res. Estàvem avorrits.

—Eh, ¿què us sembla si em disfresse de fantasma i m'aparec a tota la gent de la platja? —va dir Barto.

—I, ¿què pretens, espantar-nos o fer-nos riure? —se li va burlar Elisa.

Al cap d'una setmana, el jutge del districte va telefonar a l'avi i li va dir que havia llegit el procés sobre Jack Wilson. Que totes les seues declaracions coincidien amb les proves que nosaltres havíem aportat i que la dels dos punyals era la més clara i evident. Que revisaria el cas i demanaria la restitució del bon nom del pirata.

L'endemà vam marxar a l'Illa Cranca. La vam recórrer tota. Vam mirar l'amagatall on havia estat amagat el punyal de James Wright.

Una setmana més tard, Agnés, Maria i Xavier van marxar cap als seus pobles. Elisa, Tico i jo vam restar un poc sols. Vam anar a visitar el senyor Cosme al museu.

En la vitrina més important de tot el museu, ben destacat, hi havia posat els dos punyals, els dos pergamins i la medalla d'or de *l'Albanés*, Kole Shijaku.

Sobre els pergamins havien quedat gravats per

sempre més els noms dels dos pirates, l'un com a assassí, i l'altre com a innocent. El senyor Cosme havia escrit amb lletra manuscrita la història del cas. I a cada visitant que venia al museu, li la contava. I si un dia veniu al museu, la podreu escoltar.

Port de Borriana 19-7-88
Borriana 26-9-88

ÍNDEX